# 官商鬥法

之 4

## 東窗事發

姜遠方 著

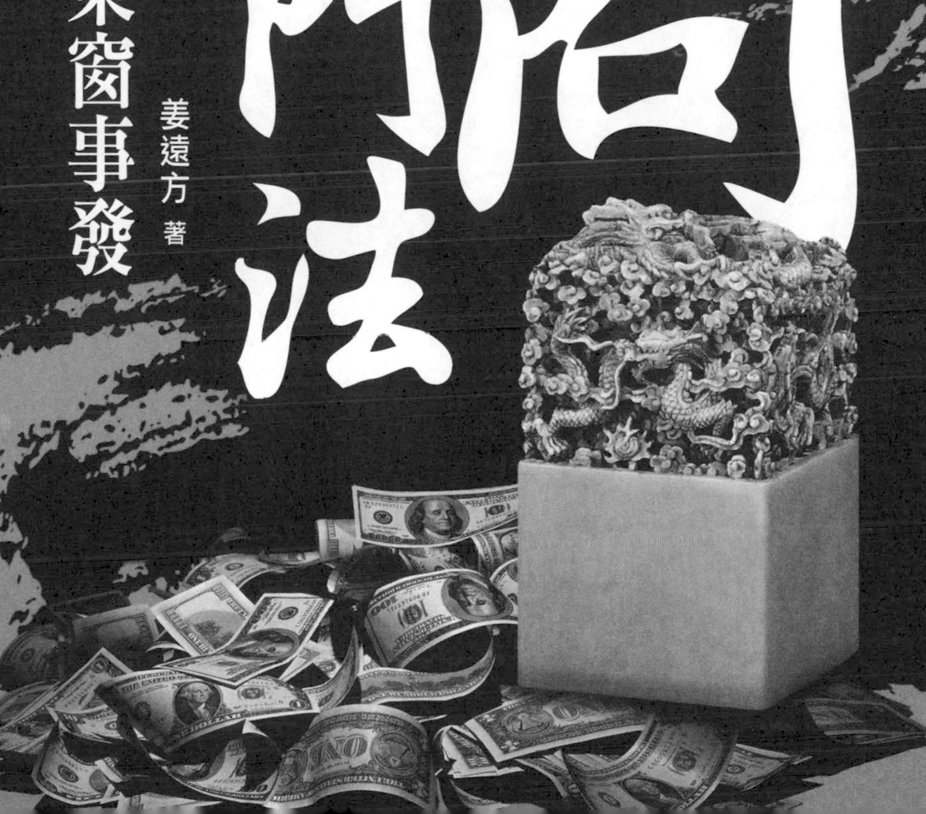

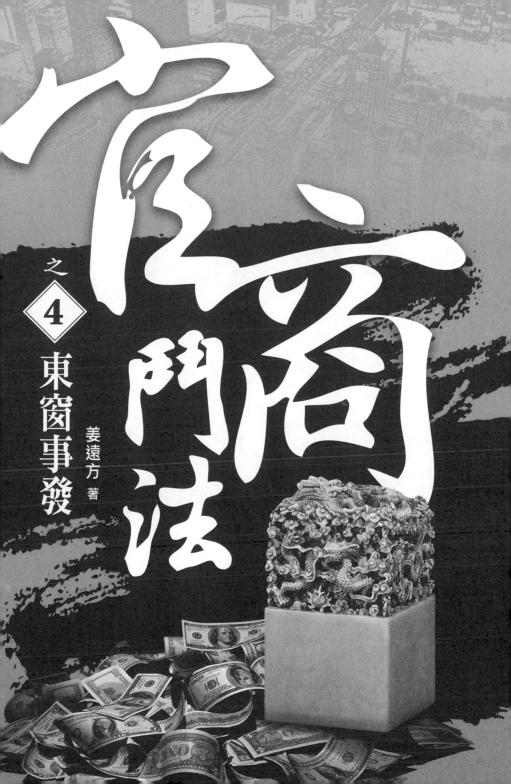

# 目錄 CONTENTS

第一章

# 別有居心

傳華再次撥打了趙婷的手機，手機仍是關機。
傳華就發了一條短信過去，說明自己昨晚的情況，
只不過是一場應酬，高月喝醉失態與自己無關，
同時提醒趙婷注意通知她去休閒城的人肯定是別有居心，希望她不要上當。

聽完徐正的來意，張副司長笑笑說：「你們想從我們這兒搞一部分資金是吧？」

徐正點了點頭，說：「這個金額投入太大，我們單靠自身的力量難以解決。」

張副司長說：「我們民航總局倒是有這方面的資金，來源自民航基礎建設基金和機場建設費。不過這筆資金數額有限，通常只能給列入國家機場建設發展規劃裏的投資巨大的機場。」

徐正說：「我們也想爭取加入到國家機場建設發展規劃中去，不知道應該怎麼做。」

張副司長說：「你們申請申請看看。」

傅華問道：「那怎麼申請呢？」

張副司長說：「海川地屬民航華東局，讓你們省的發改委先向華東局提出申請，華東局同意之後，會把你們的申請遞交總局的。你們現在就來找總局，有點早了。」

徐正說：「我們不太清楚具體的辦事流程，只是想過來跟總局的領導彙報一下。」

張副司長笑笑說：「你們先從省裏面開始爭取吧，你們得到省裏的支持，才能再談我們這的。」

徐正說：「那我們先回去爭取看看，謝謝張副司長了。晚上有時間嗎？一起吃頓飯。」

張副司長搖了搖頭，說：「你們先回去辦看看，如果省裏辦成了，我們有的是時間一起吃飯。」

徐正又去跟于副局長打了招呼，說事情辦完了，問于副局長晚上要不要一起聚一聚，于副局長笑著說：「不用了，如果讓鄭老知道辦他交代的事情還要吃飯，他會罵我的。」

徐正就和傅華告辭離開了。

出了民航總局，徐正說：「傅主任，這兩個人你要經常和他們保持聯繫，知道嗎？」

傅華點了點頭，說：「知道。」

徐正說：「明天跑跑國家發改委，你跟那個劉司長聯繫好了嗎？」

傅華說：「通過電話了，他說讓我們明天過去就是了。」

第二天，傅華帶著徐正找到了劉傑，進門相互介紹完畢，傅華笑著說：「給你帶了一點小東西。」說著將一個透明的盒子遞給了劉傑，盒子裏是一顆高爾夫球。

劉傑接了過去，打開盒子拿著球看了看，看到了球上的簽名，興奮地說：「老虎伍茲的簽名球，你哪裡弄來的？」

傅華解釋道：「趙婷他老爸的，原本想過幾天打球時再拿給你，今天正好過來就帶給你了。」

這個球是別人送給趙凱的，傅華在他書房見到了，拿著把玩，趙凱就送給了他。傅華記得在一起打高爾夫時，劉傑說過他是老虎伍茲的球迷，所以就忍痛割愛帶給了劉傑。

劉傑在跟傅華打球時見過趙婷，知道兩人的關係，笑著說：「是你未來老丈人的吧？」

傅華笑笑說：「你拿著就是了，管他怎麼來的。」

劉傑確實很喜歡，將球端端正正放在了案頭，這才跟傅華和徐正說：「你們說的事情是屬於基礎產業司管的，我帶你們過去，去找基礎產業司民航處的周處長吧。」

劉傑就帶著兩人到了民航處，找到了處長辦公室。他似乎跟處長很熟，也沒敲門，直接打開門就往裏走。

一進門，聽到啪地一聲摔東西的聲音，就看到辦公室內一個四十出頭的男人指著一個五十多歲的男人說：「什麼你想，你想算怎麼回事?要按照國家規定辦事，連這你都不知道，虧你還是一個副省長。」

男人罵完，這才看到劉傑帶著人進來了，便對那個五十多歲的男人說：「你先拿回去修改吧。」

那個男子拿起桌上的文件，灰溜溜的出去了。

傅華猜測這個發脾氣的男人大概就是民航處的周處長了，果然，劉傑對他說：「周陽，你怎麼又亂發脾氣了？」

周陽不好意思的笑了笑，說：「劉哥，你別見笑，我的脾氣控制不住，這份文件讓他們改過幾次了，可怎麼教就是教不會。這兩位是你的朋友？」

劉傑點了點頭，介紹說：「這位是海川市的徐市長，這位是海川駐京辦的傅華，我的小兄弟。他們有些事情想要過來問詢一下。」

周陽一一跟徐正、傅華握手，讓到沙發上坐下，就問道：「什麼事情啊？」

徐正講明了來意，周陽笑著說：「這事情好辦，劉哥的朋友就是我的朋友，只要你們省裏沒問題，到了我這裏也就沒問題。」

傅華心說這個周處長倒是四海得很。

徐正和傅華又詢問了一些細節方面的問題，周陽很給劉傑面子，一一都給予了仔細的回答。

談完之後，徐正很高興，他看著劉傑和周陽，笑著說：「謝謝兩位了，尤其是周處的指點，我們海川市受益匪淺。」

劉傑和周陽都說不用這麼客氣。

徐正說：「兩位晚上有時間嗎，一起坐坐吧？」

周陽看了看劉傑，說：「劉哥你有時間嗎？」

傅華笑著說：「劉哥，給點面子吧。」

劉傑笑著說：「好吧，我們晚上出去熱鬧熱鬧。」

晚上，徐正和傅華接了劉傑和周陽。傅華讓高月一起參加了宴會，一來有個女人在場，酒桌上的氣氛會活絡些；二來他也想讓高月見見大場面，熟悉一下接待工作。

酒宴定在崑崙飯店的上海餐廳，上次秦屯叫傅華到上海餐廳參加宴會，讓傅華見識了這裏環境的優雅，而且菜的口味也很不錯，所以他選擇了這裏。

徐正坐在主位上，劉傑和周陽分坐在徐正的左右兩邊，傅華副陪，高月坐在傅華的左手邊，徐正的秘書劉超則坐在傅華的右手邊。

點了菜之後，開了乾紅，徐正首先敬酒：「今天感謝發改委的兩位領導能夠賞光，在這裏祝兩位領導身體健康，工作順利。」

劉傑笑著說：「徐市長，到這裏不要說什麼領導了，大家都是朋友。」

徐正連忙說：「對對，大家都是朋友，來來，我們先乾了這一杯。」

眾人都喝了，傅華敬了第二杯，大家也都喝了。

酒杯再次滿上，高月站了起來，笑著說：「劉司長、周處長，我來敬兩位一杯。」

劉傑笑了，說：「女士敬的酒不能不喝。」

高月跟眾人碰了一下杯，仰脖一口乾了，劉傑和周陽也都喝光了。

劉傑笑著對傅華說：「傅華，強將手下無弱兵啊，你看這小高連喝三杯了，臉上一點都沒變色，看來是有點酒量的，一會兒要單獨跟她喝一杯。」

傅華不想讓高月喝得太多，笑著說：「你別看她現在這個樣子，也就是程咬金的三斧頭，沒有後勁的。」

高月沒說什麼，只是眉頭皺了一下，周陽看在眼中，便說：「傅主任，怕不是這個樣子的吧，你沒看小姑娘眉頭皺了一下，不高興的樣子。對吧，小高同志。」

高月笑笑說：「傅主任說我們不能喝太多酒的。」

劉傑抓住了高月話中的語病，說：「是不能喝太多酒，而不是不能喝酒，對吧？」

傅華笑笑說：「劉哥，別跟小高較這個真了，她剛到我們駐京辦來工作，我帶她來，是來見見世面的，可不是陪你們喝酒的。」

劉傑指著傅華說：「老弟，要做護花使者是吧？好啦，不喝就不喝嘛。來，我來敬徐市長一杯，感謝徐市長的盛情款待。」

敬酒的矛頭轉向了徐正，酒宴繼續進行下去。

很快一個多小時過去了，眾人互相之間穿插敬酒，基本上都喝了很多，一個個臉紅紅的，有了七八分的酒意。只有高月受了傅華的保護，並沒有喝得太多，她的酒量本來就不錯，因此看上去跟沒喝一樣。

劉傑已經有一點喝多了，用手指著高月說：「你這個小高啊，真是不實在，滿桌上就你一點事沒有，不行，我要跟你喝一杯。」

傅華笑著說：「劉哥，你這是幹什麼，非要跟一個女孩子較勁啊？」

劉傑說：「不行！我怎麼感覺她應該比我還能喝，我一定要跟她喝一杯。」

「劉哥你也喝得不少了，別再喝了。」傅華還要勸阻。

劉傑酒意上來，就有點惱了，說：「怎麼，看不起我？」

高月立刻說道：「好啦，我陪劉司長喝一杯就是了。」

劉傑笑著說：「別叫劉司長，叫劉哥。服務員，給我們換杯子，不喝這酸里吧唧的乾紅了，我要喝啤酒。」

服務員拿了杯子過來，要給劉傑和高月換上，傅華知道酒是不能亂混的，混酒的後勁會比單一的酒大很多，就說道：「小高還是喝乾紅吧。」

高月卻說：「沒事的，傅主任，我就陪劉哥喝啤酒。」

劉傑高興地說：「還是小高實在。」

傅華這下不好再說什麼了，服務員就給劉傑和高月倒滿了啤酒，高月說：「我敬劉哥。」就和劉傑碰了碰杯子，一口喝光了。

劉傑笑著說：「爽快，再滿上，我要回敬一杯。」

高月也沒含糊，讓服務員倒滿了，兩人再次喝光一杯。

這時周陽笑笑說：「小高啊，你不能厚此薄彼啊，來，跟我也喝一杯。」於是周陽又跟高月喝了兩杯。

要說高月的酒量還真不賴，喝完之後還是沒有什麼醉意。

酒宴進行到了尾聲，徐正敬了最後一杯酒，傅華讓高月出去買單。

這時，周陽喝得有點興奮了，便說：「劉哥，下面去哪裡啊？去唱歌如何？」

劉傑看了看徐正和傅華，笑著說：「算了吧，都喝得不少了，回家吧。」

傅華看看徐正，他不知道徐正本人什麼意思，也就不好表態轉不轉場。

徐正笑笑說：「時間還早嘛，劉司長急著回去做什麼，讓傅華陪你們去唱唱歌娛樂一下也不錯啊。傅華，一會兒一定要陪好劉司長和周處長啊。」

傅華說：「好的，我一定奉陪好兩位領導。」

徐正便對劉傑和周陽說：「我有點不舒服，要先回去休息了，就不奉陪兩位了。」

劉傑知道徐正是不好在下屬面前太放浪形骸，不舒服只是一個回避的藉口，便笑笑說：「既然這樣，我們就和傅華去唱唱歌，放鬆一下了。」

徐正就帶著秘書離開了。

劉傑看著傅華問道：「我們去玩沒事吧？」

傅華笑笑說：「我今天的任務就是把兩位陪好，說吧，下面去哪裡？」

周陽說：「那我們就去靜雅休閒城吧，那裏的音響全部都是德國進口的，音色一流。」

傅華笑著說：「那還等什麼，馬上出發。」

於是一行人就去了靜雅休閒城，找了一個大包廂開始唱歌。又叫了伴唱小姐陪唱。

傅華讓兩個伴唱小姐坐在周陽和劉傑身邊，自己和高月不遠不近的坐著。

一名伴唱小姐笑著說：「三位老闆，你們不叫一點洋酒助興嗎？」

傅華便問劉傑和周陽：「兩位喜歡喝什麼？」

劉傑說：「那就開瓶軒尼詩吧。」

傅華就點了一瓶軒尼詩，又要了一些瓜子果盤之類的小菜佐酒。

於是開始點歌唱歌，沒唱歌的就玩骰子猜點數喝酒，包廂裏熱鬧了起來。傅華到了此刻，也隨著包廂裏的氣氛歡鬧了起來，也就不再去管高月喝不喝酒了。

很快，一瓶軒尼詩就見了底，傅華讓服務員再開一瓶送進來。這時，正好輪到傅華和高月點的合唱曲，兩人就站了起來，拿著麥克風跟著節奏唱了起來。

門開了，服務員端著托盤送酒進來，傅華正忘情地唱著，門外一個客人經過聽到，不由得往包廂裏看了一眼，看到傅華和高月兩人正沉湎在歌曲營造的氣氛中，互相情意綿綿的對視著，根本沒注意門口站著的人。

門很快被關上了，門口站著的人搖了搖頭。他是歡場老手，從包廂內三男三女以及坐著的陪唱小姐的衣著暴露程度，很容易就判斷出這些男女之間的關係，心裡冷笑說：「傅華啊，原來你也是一個風流東西啊，看我不告訴趙婷。」

這個人臉上露出了邪惡的笑容，他看了看包廂的號碼，拿出手機撥起號來，一會兒接通了：「趙婷啊，我是楊軍啊。」

趙婷在電話那頭愣了一下，自從發生楊軍欺騙傅華的事情之後，她跟楊軍就沒有什麼聯繫，此刻已近半夜他突然打電話來，不由得有些驚訝，便問道：

「哥，你這麼晚找我有什麼事嗎？」

楊軍笑笑說：「是這樣，趙婷，我聽我媽說，你跟傅華快要結婚了？」

「是啊，快了。」

「那這傅華搞什麼，唉！」

趙婷一聽事關傅華，著急地問道：「怎麼了，傅華怎麼了？」

楊軍說：「是這樣，我剛看到一幕你可能很不願意看到的情形，不知道應不應該告訴你。」

趙婷急道：「究竟怎麼了，你快說啊。」

「我現在在靜雅休閒城，不小心看到傅華跟一個漂亮女人摟摟抱抱著唱歌呢。」

趙婷聽了，說：「不可能，傅華不會做這種事的。」

楊軍笑笑說：「我也沒想到，想不到傅華跟我一樣風流啊，這倒要找個時間跟他交流一下，問問他如何能瞞人瞞得這麼好，都被我親眼看到了，還有人堅持說不可能。」

趙婷火了，說道：「你胡說，傅華一定不會這麼做的，我知道了，你是因爲上次那件事情記恨傅華，故意造他的謠。」

楊軍冷笑一聲，說：「我造他的謠？醒醒吧妹妹，你來靜雅休閒城看看吧，他在二〇八號房，也許你來得早，還能看到他摟著別的女人有多麼愜意呢。」

說完，楊軍不等趙婷有所反應，扣了手機，哈哈大笑起來。

這時服務小姐走過來，笑著說：「楊總，你的房間開好了，請。」

楊軍笑著進了開好的包廂裏了。

在包廂裏，傅華一曲唱完，劉傑和周陽一邊鼓掌，一邊示意兩名小姐上前敬酒。兩名小姐很乖巧，端著酒杯上前遞給傅華和高月。

高月此時已經喝得很興奮了，接過酒杯，一口就喝掉了，然後向劉傑和周陽輕輕鞠了一躬，說：「謝謝。」

傅華見到酒杯，眉頭緊皺，一副爲難的樣子，說：「我不能喝了，我不能喝了。」

周陽叫道：「不喝不行，你沒看小高喝得多爽快啊，快喝吧。」

傅華知道自己差不多了，再喝就要失態了，便往一邊躲，端著酒杯的小姐不肯放過他，追著他要他喝掉，劉傑和周陽尖叫著，要小姐把酒杯塞到傅華嘴邊，逼他喝掉。

這邊正鬧著，那邊高月卻胃裏翻江倒海起來，壓了半天也壓不住，一口將胃裏的酒吐了出來，身子癱軟了下去，醉倒了。

房間裏的人愣了一下，傅華趕緊跑過去，見高月滿臉痛苦，使勁的抿著嘴，知道她還想吐，連忙扶著她進了包廂內的洗手間，高月見到馬桶，立刻撲過去抱著狂吐起來。

傅華走到外面，包廂內充斥著一股酒臭味，劉傑看著傅華說：「怎麼這個樣子？」

傅華說：「我跟你說我今天是帶她來見見世面的，你非要灌她酒，這下好了吧？」

劉傑說：「我哪裡想到她自己一點數沒有。」

傅華說：「她喝的酒，白的紅的混在一起，一般人哪受得了。不好意思，劉哥，今天晚上就到這裏吧。」

劉傑和周陽也沒了興致，問傅華一個人能照顧高月嗎，傅華心知這兩位肯定不是伺候人的人，便笑著說：「好了，我自已能行的。」

傅華付了伴唱小姐的小費，劉傑和周陽就一起離開了。

傅華進了洗手間，見高月已經吐完，歪倒在馬桶旁的地上，神志不清，苦笑了一下說：「你這下可知道喝醉是什麼滋味了吧？這是何苦呢？」

傅華將高月扶了出來，服務小姐已經把高月吐的東西清理掉了，這時站在那裏看著傅華，傅華請求說：「你們再等一會兒吧，她現在這個樣子顯然無法離開。」

服務小姐笑笑說：「沒事的，我們是通宵營業，你儘可以在這裏休息，先生。」

傅華說：「那就好，那就好。」說著將高月扶到沙發那裏，將她平躺下來。

服務員又拿了一個抱枕給傅華，說：「先生，你把她的頭部墊高，要小心她被嘔吐物堵塞氣管，造成窒息。」

傅華按照服務員的吩咐做了。服務員大概見慣這種場面，見傅華安頓好高月，很自覺地就退出了房間。

傅華在包廂裏轉來轉去，他不想就這麼在這裏待一夜，可是又沒有辦法將高月搬送回去。

正在傅華束手無策的時候，躺在那裏的高月一邊扯著衣服，一邊嘟囔道：「我好熱啊，水，水。」

傅華連忙拿了一瓶礦泉水走到高月身邊，扶起高月的腦袋，把礦泉水瓶口塞進她嘴裏，高月咕咚咕咚喝了起來。

門這個時候被人打開了，傅華回頭一看，趙婷滿面怒容的站在門口看著自己。他愣了一下，旋即困惑的問道：「小婷，你怎麼來了？」

趙婷看到傅華正抱著衣衫不整的高月，心裏不由得大怒，幾步衝到傅華面前，叫道：「傅華，你在幹什麼？」

傅華見趙婷震怒的樣子，知道她誤會自己了，連忙說：「小婷，不是你想的那樣，是高月喝多了要水喝，我餵她喝水。」

趙婷指著高月叫道：「餵她喝水用得著這個樣子嗎？」

「什麼樣子啊？」傅華說著，低頭一看也嚇了一跳，喝多了的高月渾身發熱，把自己的上衣撕扯到最上面的幾個鈕扣已經拉開，小半個胸部露了出來。

他慌忙伸手去拉高月的衣襟，想要幫高月遮蓋起來，不想越是慌亂越是出錯，他沒抓到衣襟，反而摸到了那露出來的胸脯。

趙婷本來已經火冒三丈了，見到傅華這個時候還毛手毛腳，再也難以控制自己了，叫道：「傅華，你竟然敢這樣對我。」說完，伸手狠狠扇了傅華一個耳光，轉身哭著跑了出去。

傅華被打愣了，半晌才反應過來，叫道：「小婷，你聽我解釋，不是你看到的樣子。」

等傅華起身追出去的時候，趙婷已經發動車子離開了。傅華想要去追，卻怕在房間裏的高月再嘔吐發生意外就不好了，只好一邊往回走，一邊撥著趙婷的電話。

趙婷的電話通了，可是她一直不去接，見傅華不停地撥打，索性關掉了手機。

回到包廂，高月還在人事不知的呼呼大睡，傅華晚上喝的酒也不少，這麼一番折騰，也是十分的疲勞，一點力氣都沒有，索性坐到沙發旁邊的地上，身子靠在沙發上，傻傻的苦笑著。

就這麼呆呆地坐了好一會兒，傅華估計趙婷應該回到家了，便撥了她家中的電話，保姆接通了，傅華問趙婷回來沒。保姆說：「剛回來一會兒。」

傅華說：「你讓她接電話。」

保姆說：「不好意思，她交代了，她很累，要休息了，任何人的電話都不接。」

傅華無奈地關了手機，腦海裏一片混沌，不知道該做些什麼，不一會兒，他的酒意上來，也失去了知覺。

傅華是被一聲尖叫聲驚醒的，他睜開眼睛，看到高月一邊手忙腳亂的繫著上衣的鈕扣，一邊驚恐的看著自己。

傅華疲憊的笑笑，說：「你不用看我，你的衣扣是你喝多了自己扯開的，不關我的事。」

高月確認了自己身上其他部位一切正常，這才羞愧的看了看傅華，說：「不好意思啊，傅主任，我沒想到自己昨晚會這麼失態。」

傅華苦笑了一下，說：「吃一塹長一智吧，以後你要經歷的這種場面還很多，對自己要有點數，也要知道愛護自己，你以爲酒是什麼好東西嗎？」

「對不起啊，你臉上的巴掌印不會是我打的吧？」高月膽怯的指了指傅華的臉，傅華臉上有著一個鮮明的巴掌印。

傅華摸了摸臉，昨天喝多了還沒覺得，此刻摸上去火辣辣的疼，看來趙婷真是氣急了，下手這麼重。

傅華苦笑著說：「你別害怕，不是你打的，不過是拜你所賜就是了。」

高月偷看了傅華一眼，問道：「究竟是怎麼回事啊？」

傅華說：「昨晚趙婷來了，當時你要喝水，我正扶著你的頭餵你喝水，被她闖進來看到了，她以爲我們之間有什麼曖昧，就伸手給了我一巴掌。真是邪門，這麼晚她怎麼知道我在這裏？」

高月說：「真是不好意思啊，傅主任，讓趙小姐誤會你了，要不，我幫你跟她解釋一下。」

「解釋，怎麼解釋？我當時就想跟她解釋，可是她根本就不聽，現在連我的電話都不接。先不管她了，你趕緊收拾收拾回去吧，我也要去徐市長那裏了。」

高月指了指傅華的臉，說：「你這個樣子怎麼去見徐市長啊？」

傅華苦笑了一下，他渾身酸痛，哪裡都不想去，可是也不得不強撐著去見徐正，他說：「不能見也得見啊，我還不清楚徐市長今天要幹什麼呢，我不去他那裏，他會覺得我這個駐京辦主任不稱職的。」

兩人就各自收拾了一下，高月回了駐京辦，傅華則去了徐正下榻的酒店。

徐正正在房間裏吃早餐，見傅華進來，差一點將嘴裏的飯噴了出來，指著傅華哈哈大笑說：「傅主任，你的臉是怎麼了？」

傅華尷尬的笑了笑，說：「昨晚高月喝多了，有點失態，沒想到讓我未婚妻看到了，發生了一點小誤會。」

徐正笑笑說：「看來是『一向發嬌嗔，碎挼花打人』了。」

傅華說：「徐市長，您就別開我玩笑了，真的是誤會一場，不信你可以問問高月和劉司長和周處長，都是劉司長和周處長他們兩個變著法灌高月的酒，弄得高月大醉失態。哎，我還不知道要如何去跟我未婚妻解釋呢。」

徐正笑笑說：「好了，放心吧，如果她是瞭解你的，很快就會原諒你的。」

傅華說：「但願吧，對了，徐市長，您今天安排做什麼？」

徐正笑著說：「我今天要去財政部跑跑，看看能不能爲海川爭取一點扶農資金。你這個樣子今天就不要跟著我跑了，回去休息一下，趕緊想辦法把你的未婚妻哄回來吧。」

傅華回到了駐京辦，林東和羅雨等人見了他的模樣，都是一副想笑又不敢笑的樣子，傅華心中十分的惱火，可是又無處發作。

高月見傅華回來了，找了過來，說：「傅主任，我想了想，你還是把趙小姐的電話給我吧，我來跟她解釋一下比較好。」

傅華很怕這個不知分寸的女人越攪和越亂，便笑笑說：「好啦，你就別摻和了，我能處理好的。」

高月看了看傅華，說：「真的不用嗎？」

傅華搖了搖頭：「用不著，如果趙婷信任我，她會原諒我的；如果她不信任我，我解釋再多也沒用。」

在回駐京辦的路上，傅華已經想了很多，越想越覺得昨晚的事情有些蹊蹺，他和劉傑他們到休閒城續攤，並沒有通知趙婷，趙婷怎麼會知道自己在休閒城，甚至直接找到了包廂，肯定是有居心不良的人通風報信。

這個居心不良的人是誰呢？他都跟趙婷說了什麼，讓趙婷這麼生氣？

他是瞭解趙婷脾氣的，氣頭上，她可以什麼都不管不顧。再說，高月這麼急著去解釋，說不定會讓趙婷以爲是自己逼高月跟她解釋的，反而會讓趙婷更加反感。

傅華再次撥打了趙婷的手機，手機仍是關機。傅華就發了一條短信過去，說明自己昨晚的情況，只不過是一場應酬，高月喝醉失態與自己無關，同時提醒趙婷注意通知她去休閒城的人肯定是別有居心，希望她不要上當。

短信發出去之後，傅華無聊的望著窗外，宿醉過後的他頭痛欲裂，心中實在很後悔昨晚不該帶高月出去應酬。

趙婷一個上午都沒回音，傅華喝了一上午的茶，頭腦清醒了很多。他開始檢討自己跟趙婷的關係。

他發現在他接受趙婷之後，這段關係開始變得沉重了起來，很多時候，他在趙婷面前不得不小心翼翼，生怕一不小心惹惱趙婷。變成這個樣子，難道是自己愛之適足以畏之嗎？還是因爲感恩？

傅華想了半天也沒想清楚，他和趙婷之間的感情確實很複雜，如果不是因爲感恩，他可能不會接受她，但單純因爲感恩，他也不會接受她。

令傅華更加苦悶的是，他找不到可以幫他理順這段關係的人，所有的事情必須他自己去判斷。

這個時候，傅華想起了鄭莉。可是他已經因爲趙婷拒絕了鄭莉，不好再去把這段感情放到鄭莉面前剖析了。而且鄭莉上次回來就病了一場，自己還沒有勸慰她，此時更是不適合把這件事情端到鄭莉面前。

趙凱此時也帶著妻子去國外談一個案子去了，一時無法聯繫上，使傅華又少了一個很好的溝通管道。

第二章

# 誤會冰釋

在傅華的注視下，趙婷的臉騰地紅了，
她渴盼著那一刻的到來，卻也恐懼著那一刻的到來。
她只是朦朧的知道一些有關那方面的知識，
渴望與恐懼相伴，讓趙婷心中興奮不已，她牽著傅華的手，進了臥室。

第二天，傅華陪徐正參觀了海川大廈的建設工地，徐正對工程的進度很滿意，表揚了傅華，說期待一個嶄新的駐京辦的誕生。

第三天，在交代傅華要跟民航總局和發改委保持密切聯繫之後，徐正飛回了海川，他還有自己的業務要管理，而且海川新機場要想順利啓動，必須徐正回去坐鎮調度。

這三天，傅華一直不定時的撥打趙婷的電話，給她發短信解釋，說對不起，可是都如石沉大海，趙婷一點音訊都沒有。傅華找上門去，保姆卻告訴他趙婷不在家，他雖然明知道趙婷可能就在裏面，可是也無法衝進去。

傅華慢慢也有點惱火了，心想就算我真的做錯了，你打也打了，罵也罵了，我又道了那麼多次歉，還要怎麼樣？索性也不打電話不發短信了。

可是傅華心裏總是掛記著趙婷，雖然不去聯繫，心裏卻格外的鬱悶，卻不知道該如何化解這個僵局。

又過去了兩天，趙婷還是沉寂著，傅華開始有點坐不住了，他發現自己似乎習慣了跟趙婷之間的打打鬧鬧，習慣了趙婷不時出現在身邊跟自己鬥嘴，習慣了趙婷帶著親密的糾纏。

傅華意識到在潛移默化中，趙婷已經成爲了他生活中的一部分，原本她嘰嘰喳喳在身邊的時候，並沒有感覺到她的重要性，這一刻她不在身邊，他才發現到少了趙婷，他的心中就空了一塊。

這是與鄭莉不一樣的感覺，對鄭莉，他是一種欣賞，是一種可以相互理解的知音的感覺。這種知音的感覺讓他們惺惺相惜，卻不能達到那種親暱無間的程度。而趙婷雖然大喇喇，常發自己的脾氣，雖然並沒有跟自己談過什麼帕斯卡、福柯，可偏偏早已融入他的心裏，成爲他不可或缺的一部分。

想明白了這一點，傅華不免有些悵然若失，心中暗問：難道趙婷一直不理自己，真的是對自己已經沒有愛意了嗎？

就在沮喪的時候，手機響了起來，傅華看了看，竟然是鄭莉的號碼，她這個時候找自己幹什麼？

疑惑中，傅華接通了。「你好，鄭莉，找我有事嗎？」

「傅華，你跟趙婷之間發生了什麼事啊？」

傅華嘆了口氣，說：「鄭莉，我可能要失去趙婷了，這可怎麼辦呢？」

傅華已經悶了幾天了，所以也顧不上去問鄭莉究竟是怎麼知道他和趙婷之間出了事，立刻就跟鄭莉訴起苦來。

鄭莉問：「你還沒說出了什麼事情啊？」

傅華講了事情的經過，鄭莉聽完，問道：「你真的跟那個高月沒什麼？」

「能有什麼，真的是高月酒後失態，我不得不在旁邊照顧她，你們怎麼都不相信我呢？我現在後悔死了，那天晚上真的不該帶高月去的。」

「好，好，我相信你。那你現在打算怎麼辦？」

「我很想求得趙婷的原諒，可是趙婷現在就是不見我，鄭莉，你教教我，我要怎麼辦啊？」

鄭莉笑了，說：「你不是一向都很有辦法嗎？怎麼，黔驢技窮了？」

「都這個時候了，你就別來取笑我了，幫我想想辦法吧。」

「那我教你一個辦法好不好？」

「什麼辦法，快點說啊。」

鄭莉嘆了一口氣，說：「真服了你們倆了，明明都捨不得對方，偏偏還要去折磨對方，你過來吧，趙婷在我服裝店。」

傅華驚喜的叫了起來：「是嗎，你千萬不要讓她離開，我馬上過去。」

說完，傅華就衝出了屋子，用最快的速度殺到了鄭莉的服裝店，進了門，就看到鄭莉陪著趙婷坐在沙發上，他快步衝了過去，抓住了趙婷的胳膊，說：

「小婷，對不起，是我錯了，你原諒我吧。」

趙婷眼圈紅了，嗔道：「明明就是你做錯了，這兩天還敢不理我？」

傅華連聲說：「對不起，對不起。我不是不理你，你老是不跟我見面，不回短信，不接電話，我都不知道該做什麼了。」

趙婷不滿的看了傅華一眼，說：「你還有理了？」

「對不起，對不起，我錯了。」

鄭莉這時在一旁笑著說：「好啦，好啦，既然傅華已經認錯了，趙婷，你就給他一個機會吧？」

趙婷扭過頭去，說：「不行，就這麼放過他，豈不是太便宜了他？」

鄭莉笑了，說：「趙婷，適可而止吧，你可別忘了是誰捨不得，非要我打電話給人家啊。」

趙婷臉紅了，叫道：「鄭姐，你這是幫我還是幫他啊？」

原來趙婷這幾天冷靜下來之後，也慢慢回過味來了，她知道楊軍通知自己，本來就沒什麼好意，那天在現場，雖然高月有些衣衫不整，可是傅華後來的解釋倒也說得過去，她慢慢開始相信傅華了。

可是她不甘心就這麼原諒傅華，想拖幾天，讓傅華難受幾天，懲罰一下他。不料，傅華在道歉未獲得回應之後，竟然連續幾天沒再露面，也沒電話，也不發短信了，這下換成趙婷心裏發慌了，她怕傅華惱怒之下不再理自己。

猶豫再三，趙婷到鄭莉店裏找到了鄭莉，她覺得傅華很可能會找鄭莉傾訴這件事情，因此鄭莉應該有所瞭解，而且在趙凱又不在家的情況下，她也只有找鄭莉幫她溝通這條管道。她心中其實更害怕鄭莉這個情敵會在這時候趁虛而入，讓傅華轉投她的懷抱。

交談之下，趙婷發現鄭莉這幾天根本未見過傅華，也就無從知道她和傅華之間發生的爭執，這讓趙婷心中暗喜，起碼情郎並沒有把鄭莉當做療傷的醫生，這讓她心裏舒服了很多，看來鄭莉在傅華心中也並不是十分的重要，她今後可以不必顧忌這個情敵了。

於是趙婷跟鄭莉講了這幾天的爭執，表達了想要跟傅華和好的意思，希望鄭莉幫她打電話給傅華，幫他們和好。

鄭莉心中有些哭笑不得，她正在爲情所苦，搶走情郎的人卻來要求她幫忙解決和好，老天爺真是會捉弄人。可是鄭莉又無法拒絕，她心中不由暗自稱讚趙婷聰明，她來找自己，自己只能想盡辦法來促使他們和好，而不能對這件事情有別的想法。

這個看上去大咧咧的女孩子還真是有心計。鄭莉別無他法，只能打電話將傅華叫了來。

眼下看趙婷假嗔說自己到底是幫傅華還是幫她，鄭莉知道火候差不多了，就拉過趙婷的手塞到傅華手裏，說：「我是幫你們倆，傅華，我可告訴你，不准再欺負趙婷了。」

傅華握住了趙婷的手，說：「不會了，一定不會了。」

趙婷故意想要往外掙脫，傅華手上加了把勁，另一隻手順勢過去攬著了趙婷的肩膀，將趙婷攬到懷裏，趙婷這才不再掙扎，聽憑傅華擁著她。

鄭莉心酸了一下，她此刻明白眼前這兩人之間，已不是感恩那麼簡單，看來傅華是真心愛上了趙婷。

鄭莉強笑了一下，說：「真是受不了你們，你們就肉麻當有趣吧。」

趙婷臉紅了，身體卻更偎緊了傅華。

傅華臉也紅了一下，他趕緊轉了話題，說：「鄭莉啊，前幾天我和我們新任市長去拜訪鄭老，你奶奶說你病了，現在好了嗎？」

鄭莉一聽心裏更酸了，你還不知道我為什麼生病嗎？何必在趙婷面前問這個呢？

趙婷這時也說：「鄭姐，原來你病了，現在怎麼樣了，有沒有吃藥？」

鄭莉笑笑說：「那都是幾天前的事情了，早就好了。」

又閒聊了幾句，趙婷便拖著傅華跟鄭莉告別了。

出了服裝店的大門，趙婷伸手摸了摸傅華的臉，溫柔地問：「那天打得你疼嗎？」

傅華笑笑說：「你解氣就好。不過，真看不出你有那麼大的力氣。」

趙婷神色黯淡了下來，說：「那天我以為你辜負了我，當時真有萬念俱灰的感覺。」

傅華抱緊了趙婷，說：「對不起，我以後一定會檢點自己，不給你造成這種誤會了。」

傅華與趙婷一起回趙婷家。兩人剛剛因為吵架幾天沒說話，此刻自然有說不盡的情話，膩在一起直到很晚。

傅華看看時間已經很晚了，就站起來說要回駐京辦，趙婷卻有些不捨，拉著傅華的手低聲說：「我不想你走，今晚留下來陪我吧。」

傅華心裏劇烈的跳動了一下，他看了看趙婷，和自己相愛的女子相擁而眠，他內心中渴望這一刻已經很久了。

在傅華的注視下，趙婷的臉騰地紅了，她渴盼著那一刻的到來，卻也恐懼著那一刻的到來。她只是朦朧的知道一些有關那方面的知識，可究竟是怎麼個樣子，她實際上並不清楚。

渴望與恐懼相伴，讓趙婷心中興奮不已，她牽著傅華的手，進了臥室。

臥室的門關上了，兩人沒有了拘束，熱烈的吻在一起。擁吻中，兩人倒在了床上，傅華摸索著去解趙婷的扣子。

傅華解開了第一個扣子，正要往下解，趙婷伸手抓住了傅華的手，臉紅的說：「我好緊張啊，傅華。」

傅華輕輕親了趙婷臉頰一下，說：「小婷，你如果還沒準備好，我可以等的。」

趙婷鬆開了手，說：「我準備好了，我想成爲你的女人。」

傅華見趙婷緊緊閉上了雙眼，身體微微的顫抖著，知道她還是有些緊張，便給她扣上了扣子，說：「我想，我們還是把最美好的留在正式結婚的那一天吧，我回去了。」

趙婷抓住了傅華的手，說：「不行，我不想讓你走。」說著，趙婷自己慢慢解開了衣扣，曼妙的胴體逐漸展現了出來，傅華有一種熱血沸騰的感覺，便俯身親吻著那高高的山谷，探索著幽深的峽谷……

兩人最終融爲一體的時候，那種你中有我，我中有你的幸福感瀰漫在臥室每一個角落。

當傅華滿面春光的回到駐京辦，迎面遇到了羅雨。

羅雨立刻感受到了他的不一樣，笑著問道：「傅主任，你春光滿面又一夜未歸，是不是有什麼豔遇啊？」

傅華笑罵道：「去你的，我會有什麼豔遇。」

羅雨笑說：「也許你遇到了一個狐狸精也難說。」

傅華說：「什麼樣的狐狸精也不行，我是要從一而終的。」

高月在一旁說：「哦，我明白了，趙婷原諒你了是吧？」

傅華嘿嘿笑了笑，說：「算你聰明。」

高月拍了拍胸口說：「哎呀，她總算原諒你了，我也可以鬆口氣了，不然的話，我始終有一種內疚感。」

羅雨曖昧地笑笑說：「怕不是原諒這麼簡單，滿面春色的，嘿嘿。」

傅華伸手拍了羅雨腦袋一下，說：「你嘿嘿什麼呀！」說完，不再理會羅雨和高月，走向自己的辦公室。

開門的時候，傅華這才注意到高月跟在身後，便問道：「小高還有什麼事情嗎？」

高月摸了摸腦袋說：「傅主任，有件事情我一直想跟你說，這幾天看你心情不好就沒敢說。」

傅華笑笑說：「什麼事情啊，我現在心情很好，你說吧。」

高月說：「我說了你可別罵我。」

傅華說：「你這小高啊，我怎麼會罵人呢？說吧。」

這時，傅華的手機響了起來，一看是趙婷的號碼，頓時滿面笑容，對高月說：「你先等一下，我接個電話。」

電話接通了，趙婷甜蜜的說：「你到辦公室了嗎？」

傅華笑著說：「我剛到。」

趙婷問：「你上午要幹嘛？」

傅華說：「處理一下辦事處的事情，再到工地上去看看。」

趙婷說：「哦，我過去找你好不好？」

傅華笑說：「我要忙工作，你來了也很無趣的。」

趙婷說：「嘻嘻，我只要看著你就很有趣。」

傅華笑了，他很明白趙婷渴望見到自己的心情，他也有相似的渴望，可是他總要工作，便說：「要不這樣吧，我們中午一起吃飯吧？」

「好吧，那你先忙吧。」

「到時候我打電話給你。」

傅華放下了電話，高月笑著說：「傅主任，你跟趙小姐打電話都滿臉帶笑的，真是好甜蜜啊。」

傅華瞪了高月一眼，說：「還是說說你找我什麼事情吧。」

高月說：「是這樣，我舅舅想要單獨約你出去吃頓飯。」

傅華愣了一下，說：「你舅舅還在北京啊？」

上次送高月來的那天，晚上伍奕特地請了駐京辦工作人員的客，鬧騰了一番之後，傅華滿心以爲伍奕離開了北京，沒想到他還滯留在北京沒走。

高月說：「他這次來還有別的事情要辦，辦完後，就說讓我請你出去吃飯，結果你跟趙婷最近鬧不愉快，我就沒敢跟你說，他卻堅持要單獨請你，所以就一直等著沒離開。」

傅華心裏大概猜到了伍奕爲什麼非要等自己，便說：「哎呀，其實你舅舅對我有所誤會，他以爲我能幫他的忙，其實我是真的沒這個本事。」

高月說：「傅主任，不管你能不能做到，你就去應酬一下他吧，不然的話，他又罵我沒用了。求求你了，就當幫我一個忙。」

傅華想想，也確實需要當面直截了當的回絕伍奕一次，不然他還會不斷地想辦法來找自己。

「你可以去跟你舅舅說我願意見他了，只是你告訴他，我可能無法讓他滿意。」

高月連忙點頭說：「好的，好的，只要傅主任肯去，我就算達成使命了。」

傅華懷疑地看了看高月，說：「我怎麼感覺這裏面好像有什麼圈套啊？」

高月使勁的搖了搖頭，說：「不會的，我舅舅肯定不會的。」

傅華說：「你就這麼肯定？你知道你舅舅的一些事情嗎？」

高月說：「我敢肯定，傅主任，你不瞭解我舅舅這個人，其實他並沒有外面說得那麼壞。」

傅華笑了，「這麼說，你也風聞過你舅舅的事跡了？」

高月說：「我也是海川人，當然聽過他的事。不過很多事都是以訛傳訛，事情並不是那個樣子的。」

傅華笑著說：「你就這麼相信他？」

高月說：「我這麼相信他，是因爲他真的對我姥姥很好的。你別看他五大三粗的，可是我姥姥只要一生氣，他都能給我姥姥跪下來。他真的是很孝順。傅主任你只管放心去吧，我想我舅舅不敢做什麼出格的事情，因爲我姥姥最疼我了，如果我回去告狀，她會罰我舅舅的。」

傅華心說這個伍奕竟然也有怕處，不過他能孝順父母，看來也不是一無可取之處。

傅華說：「那你就跟他約今晚吧，地方由他定。」

高月答應一聲出去了。傅華也安排了一下駐京辦的工作，然後去了工地。

中午，趙婷找到了工地，兩人一起去吃牛排。

趙婷邊切牛排邊說：「你猜我上午去哪裡了？」

傅華笑笑說：「去哪裡了？」

「我去鄭莉姐那裏玩了，我現在發現，鄭莉姐這個人真是很好的一個人。」

傅華笑了，說：「現在你不發人家脾氣了？」

趙婷嘿嘿笑笑說：「我承認我小心眼好不好？」

傅華心想，女人間的友誼真是奇怪，原本趙婷最防範的就是鄭莉，轉眼間鄭莉又變成了一個很好的人了。

傅華笑著伸手刮了一下趙婷的鼻子，說：「既然承認是小心眼，刮下鼻子就當懲罰啦。」

「嘿，你這傢伙。」趙婷伸手也刮了傅華鼻子一下，說：「大家扯平了。」

傅華笑了，說：「好，扯平，扯平。」

趙婷說：「晚上你要在那裏吃飯啊？」

傅華說：「晚上我有應酬，不能陪你吃飯了。」

趙婷不高興了，「你怎麼這麼多應酬啊？」

傅華陪笑著說：「沒辦法，我就是幹這種工作的。」

趙婷說：「那你晚上少喝點酒，早一點過來陪我。」

下午，傅華接到了伍奕的電話。

伍奕問：「傅主任吃得慣素菜嗎？」

傅華有點意外，他沒想到伍奕會請自己去吃素菜，笑了笑說：「可以啊。」

伍奕說：「那晚上在功德林，不見不散了。」

傅華說：「好的。」

伍奕就掛了電話。

晚上，在功德林三樓的單間雅房裏，傅華見到了伍奕。

伍奕解釋說：「我選在這裏吃飯，是因爲這裏雖然身在鬧市，可是卻有幾分佛門的清靜，傅主任可以跟我心平氣和的談一談了吧？」

傅華笑笑說：「這裏的環境確實很像佛門，不過我對伍董並沒有什麼意見，什麼時候都可以心平氣和的談話的。」

伍奕搖搖頭說：「不然，我知道傅主任大概從心眼裏看不起我這個大老粗吧？」

傅華沒想到伍奕會這麼直白，尷尬的笑了笑說：「哪裡有，伍董真是多疑了。」

伍奕看看傅華，說：「你不用遮掩了，高月跟我說你答應跟我單獨見面的時候，一再囑咐我不要做什麼出格的事情，她這麼緊張，說明你答應她的時候不知道說過什麼，也說明你還是對我有戒心。」

傅華點了點頭，說：「伍董果然是聰明人，不錯，我對和你接觸並不是十分的願意，伍董在海川的風評不佳，這一點，相信你不會否認吧？」

伍奕說：「這一點我不否認，我確實做過一些讓人看不慣的事情，不過，那都是過去式了，而且傅主任儘管放心，今天是高月幫我約你來的，我一切都會規規矩矩的，高月是我的家人，我並不想讓她不好做。」

傅華心說，這傢伙說起來還真像回事似的，什麼高月是他的家人，他不想讓她難做，難道高月來駐京辦不是他爲了達到跟自己結交的目的而作的安排嗎？把一個這麼年輕的女孩子送到駐京辦這樣一個應酬不斷的地方，難道也是爲了高月好嗎？便說：

「說到高月，有件事我很想問一下伍董，高月來駐京辦是不是你的安排？」

「是啊，她調來駐京辦是我幫她辦的。」

「那伍董把她安置在駐京辦，不會是想借她來跟我結交吧？」

伍奕笑了，「傅主任，你也把我想得太過齷齪了。我雖然做事有時不講規矩，但從來不打家人的主意。我今天所做的一切，都是爲了我的家人能過上幸福的生活，他們是我的一切，我又怎麼會拿他們做籌碼。」

傅華冷笑了一聲，說：「那高月又怎麼會出現在駐京辦？」

「很簡單，是她自己想來，求我幫她辦的，你不信可以問她自己。」

傅華愣了一下，這一點他倒沒想到，便說：「她怎麼會想來駐京辦這種地方？」

伍奕笑笑說：「高月這孩子心大，老覺得海川地方太小，悶氣，非要出來闖一闖，恰好駐京辦有一個位置空了出來，她就找我幫她了。」

傅華哦了一聲，再沒說什麼了。

伍奕笑著把菜單遞給了傅華，說：「這下你可以點菜了吧？不要客氣，撿貴的點，這裏有低消規定的，我們倆怎麼也要吃到最低消費的金額。」

傅華說：「伍董這麼大的老闆還在乎這麼點錢？」

伍奕說：「我的錢是很辛苦賺來的，不能浪費。該花的地方我一點不心疼，可是不該花的地方不能就這麼浪費掉。」

傅華說：「倒沒想到伍董還是這麼一個人。」

伍奕笑了，說：「我這還不算什麼，我認識幾個香港有名的富豪，他們給小費都是給二十塊錢港幣的，我在旁邊看著，都覺得像他們那樣的身分有點拿不出手。」

「想不到伍董交遊廣闊，還認識香港富豪。」

伍奕笑笑說：「我也是因爲業務上的關係認識的。」

傅華看著菜單，點了幾個菜單上比較貴的菜，什麼功德三寶、紅燒南美參、椒玉藏珍寶、繡球富貴翅之類的，這些菜不知是什麼材料做的，但肯定不會是真的海參、魚翅，可是價格卻一點也不比真的便宜。

服務員出去了，傅華看著伍奕問道：「伍董，我們開門見山吧，你究竟想要我幫你做什麼？」

伍奕笑了笑，說：「好，我也不繞彎子了，我想讓傅主任像幫天和公司上市一樣，幫我們山祥礦業上市。你放心，天和公司給你多少好處，我一點都不會少，甚至可以加倍。」

「看來我如果說我沒拿天和公司一點好處，伍董一定不會相信了？」

伍奕愣了一下，說：「不會吧，丁江是個人精，這點人情世故還懂的，你幫他這麼大忙，他能一毛不拔？」

傅華笑了，「這信不信由你了。天和公司上市是靠他們公司本身的實力，基本上與我無關。其實，你要找我辦什麼事情，我早就猜到了，不是我不願意幫你這個忙，實在是你的公司各方面都不夠資格，跟天和公司不能相比，就算我願意幫你這個忙，你們公司也不一定能上得了市。」

伍奕笑著說：「這簡單，不夠資格我可以讓它有資格，這難不倒我。」

傅華笑笑說：「這可不是一句夠資格就能做到的。」

伍奕說：「我是從幾百塊錢開始創業，能累積到今天這個身家也絕不是容易的，但我還是做到了。」

傅華笑說：「我不是懷疑你的能力，而是感到你的能力太大了，會超出界限，做一些不應該的事情。」

伍奕笑了，說：「傅主任，你也太看得起我了，其實把山祥礦業弄上市是我早就有的想法，可是我找過很多門路，始終不得其門而入。」

「其實上市並不是一個企業發展的唯一路徑，據我所知，國際上很多大企業都選擇不上市，他們發展的也挺好。」

「這我倒不清楚，我清楚的是，很多企業是上市後才得到跳躍性的發展的。」

「其實你的山祥礦業已經發展的很不錯了，你還在追求什麼？」

「什麼叫很不錯了，其實我們礦上很多設備早就應該更新了，可是限於資金，我不能更新。如果我能上市，就能把礦業集團變成一個國內一流的企業。傅主任，我的山祥礦業也是海川的企業，我也不求你必須給我辦成了，你就幫我引見一下不行嗎？」

傅華笑著搖了搖頭，伍奕說到這份上，他已經沒辦法拒絕，只好說：「伍董，要不這樣，我幫你問一下吧，見不見你要看對方了。」

伍奕點點頭，說：「謝謝，謝謝，不成的話，我也不會怨你的。」

「伍董，我現在真的有點服你了，你爲了這件事情竟然對我這麼客氣，我都有些懷疑，你是我風聞中的『伍爺』嗎？」

伍奕苦笑了一下，說：「你別來打趣我了，什麼時候輪到我來稱爺了。跟你說句實話吧，我就是膽子大點，腦筋活點，拳頭狠點。當初我到山祥銅礦拉礦石，每天從早到晚拉礦石賺一點辛苦錢，也只是想要改善一下家人的生活，那時候，我的車還是借錢買的，一心想要趕緊賺錢把債還掉。誰知道礦上有一幫地痞非要收保護費，我氣不過，就聯合了幾個司機兄弟將他們打跑了，自此，礦上的人就說我能打，再也沒人敢惹我了。這對我來說是一種保護，我也就在人前人後做出一副很蠻橫的樣子，慢慢就成了一種習慣。一來二去，就有人叫我伍爺了。」

傅華笑笑說：「原來伍爺是這麼來的。」

伍奕說：「說起來我算什麼爺，真正的爺是不會在街頭耍狠的，你知道這些年我給多少人磕頭搗蒜過？你別看我外表風光，你知道每到過年過節，我要給人送多少東西嗎？一個環節我打點不到，就能讓我不好過，那些人才是爺，我是孫子。」

傅華沒想到伍奕還有這麼一番心酸，說：「看來家家都有本難念的經啊。」

「傅主任，你不是從底層一步一步打拼起來的，你體會不到底層這些人的辛苦。我最困難的時候，手裏一分錢的資金都沒有，工人的工資要發，許多的關係要打點，外面的欠款要不回來，那時候真是有走投無路的感覺。有時半夜我夢到這種情形，我都能一個高跳起來，恐懼啊，生怕那種場面重演。我之所以想盡辦法要把公司弄上市，也是想通過上市讓公司制度起來，形成一個穩定的局面，不要讓公司再有這種走投無路的困境。」

「看來我以前對伍董還真是有些誤解。」

伍奕笑笑說：「這不是你傅主任的問題，本來我做事就有橫蠻的一面，加上這幾年我多少有點錢了，說七說八的人就更多了，我已經習慣了，心說我賺我的錢，你說你的，管他呢。其實我每年捐給養老院也不少錢，可是好事沒人記住，壞事卻是人人清楚，這就是現在的世道。」

「呵呵，好事不出門，壞事傳千里。」

伍奕笑了起來，端起了面前的杯子，說：「今天跟傅主任聊得真是高興，來，我們乾一杯。」

傅華也端起了面前的杯子，說：「伍董，這可是一大杯果汁啊，乾掉了很撐人的。」

伍奕說：「早知道傅主任這麼好打交道，我就不動這勞什子腦筋請你吃什麼素菜了，這果汁甜絲絲的，哪有喝酒過癮。」

傅華笑笑說：「我還以爲伍董喜歡吃素菜呢。」

伍奕說：「這些東西雖然吃起來味道可以亂真，可總不是真的，不過癮。」

傅華說：「其實吃起來還是很不錯的，很有淮揚菜的風味，廚師也算是巧奪天工了，我覺得每道菜都做到了色香味俱全，食後還有一種淡淡的清香，別有風味。」

伍奕說：「這不合我大老粗的胃口。」

傅華說：「倒是適合我，而且晚上不喝酒，我也好跟我未婚妻交代。」

「對了，高月說，因為她，你跟未婚妻鬧得很不愉快，真是不好意思。什麼時間結婚呢，到時候我好送個大紅包。」

傅華笑著說：「結婚應該快了，伍董的心意我領了，紅包就免了。」

「一定要的。」

「不需要，你放心，我現在已經瞭解了你急於上市的初衷，這件事情我會盡力促成的。」

「那我謝謝傅主任這麼看得起我，改日我請你喝酒吧，這果汁我們就不乾了。」

「好，這東西我也喝不慣。」

兩人隨便吃了點，就結束了這頓飯。

走出功德林，伍奕說：「那我就聽你的消息了。」

「好的，我會儘快安排。」

傅華找到了自己的車，無意中看了車旁的寶馬車牌一眼，竟然是吳雯的車。他回頭看了看，看來吳雯今晚也在這裏吃飯，這位小姐也不知道什麼時間回北京了。

傅華發動車子，去了趙婷家，趙婷早就等著他了。一進門，就貼近他嗅了嗅，然後笑了說：「嗯，還算你乖，沒喝酒。」

兩人就又膩到了一起，反正趙凱夫婦不在家，也沒人管他們。

膩了一會兒，傅華的電話響了，看看是吳雯的號碼，接通了說：「吳總，你什麼時間回北京了？」

吳雯笑說：「我猜你看到我的車了，我昨天回來的。」

「你知道我在功德林，也不打電話給我？」

吳雯笑了，說：「我要陪我乾爹吃素菜，打電話給你幹什麼？」

傅華心裏小小的失望了一下，他很想見見吳雯這位乾爹究竟是何方神聖，偏偏錯過了。

「一直也沒跟你聯繫，你在海川那邊怎麼樣了？」

吳雯嘆了一口氣，說：「還能怎麼樣，還是一無進展，今天我還被我乾爹說了一頓呢。我也真服了那個王妍了，事情不能辦好，錢還不想退。」

「那你打算怎麼辦？」

「我現在沒當初那麼熱衷了，就先放在那裏吧，我也不怕她不退給我。」

「你有辦法治得了他們？」

吳雯笑笑說：「當然了，到時候就怕他們求著我退錢我還不答應呢。好啦，別說這個了，我聽說你們準備遷址改建海川機場？」

傅華笑說：「你的消息挺靈通的嘛。還在申請立項階段，目前還不算正式啓動。怎麼，你感興趣？」

吳雯說：「我感興趣也沒用，那要專門的機場建設公司才能做，只是今天我乾爹提起過，所以我問一下。」

傅華愣了一下，如果說吳雯在海川知道這個消息，他還能接受，因爲這件事情畢竟上過常委會，海川消息靈通人士肯定都知道了。可吳雯的乾爹人在北京，他能得知這個消息的管道只有國家民航總局和發改委，看來這人還真是神通廣大的很啊。

吳雯接著說：「好了，不跟你聊了。」

「好吧，你在海川那邊有什麼事情可要跟我說一聲。」

「好的。」

傅華掛了電話，膩在他懷裏的趙婷說：「什麼人啊？」

傅華笑著說：「是我引到海川的一個女客商。」

「嘿嘿，難怪你這麼關心，原來是女客商啊。」

傅華笑說：「我可是很有女人緣的，你可要對我好一點，不然……」

趙婷使勁扭了傅華胳膊一下，「是嗎？你很有女人緣啊，不然怎麼樣呢？」

傅華疼得大叫了一聲，便撲向了趙婷，兩人又糾纏在了一起……

第三章

# 借殼上市

仙股雖然現實的投資價值不大，但很適合作為某些公司借道上市的「殼」，
因此某一「仙股」一旦被選中作為上市「殼」，
有新的資產注入就會身價百倍，
股價就會一步登天，持有者就會發大財。

第二天，傅華打電話給賈昊，說：「不好意思，又要麻煩你了。」

賈昊笑笑說：「不用這麼客氣了，什麼事情啊？」

傅華說：「我們海川市有一家礦業集團看到天和房產上了市，有些眼熱，也想上市，找到了我，你能不能給看看，他們能不能上。」

賈昊笑說：「師弟啊，你以為上市這麼容易嗎？這可不是我說一句話兩句話的事情。」

傅華陪笑著說：「他求到了我，師兄你就指點指點他吧。」

「好吧，你讓他帶著公司的財務資料來辦公室找我吧。」

「謝謝師兄了。」

「你先別謝我，還不知道行不行呢。」

傅華就通知了伍奕，讓伍奕帶著公司的資料去找賈昊。

當晚，傅華接到了伍奕的電話，傅華問見面的結果如何，伍奕說：「那個賈主任不置可否，約他也不出來，只說有什麼情況會跟你說，你看你是不是打個電話給他，問問情況？」

「那好吧，我打電話給他。」

傅華就撥了賈昊的電話，問：「師兄啊，你看那個公司究竟怎麼樣？」

「不行啊，這家公司跟天和公司簡直沒法比，這樣的公司如果也能上市，證監會會被罵死的。」

「如果有什麼不夠資格的地方，你可以指點一下讓他們改。」

「不是那個問題，像天和這樣的公司，起碼是靠譜的，而這個山祥礦業一點譜都不靠，你讓我拿什麼幫他改？多少有實力的公司都上不了市，別說他這種了。」

「那就一點辦法都沒有了嗎？」

「在國內是一點辦法都沒有。」

傅華笑了，說：「國內沒辦法那就是沒辦法了，難道你想讓他去美國上市啊？」

賈昊說：「這世界除了中國大陸，不是只有美國一家有股市的，還有香港啊新加坡之類的。」

傅華笑說：「那怕是他們更沒有辦法了。」

「其實去香港上市，是有捷徑可走的，比起在大陸上市相對簡單得多。」

「難道他們在香港有辦法上市？」

「我知道有人做過，就是在香港購買一支仙股，然後注入資產，曲線上市。香港的審查制度比內地相對來說，還是寬鬆一些的，所以這種可能性是存在的。」

仙股之說，最初源於香港的股市，「仙」是香港人對英語cent（分）的譯音。仙股就是指其價格已經低於一元，因此只能以分作爲計價單位的股票，在英語中被稱爲penny stock。

在美國股市上，如果股票的價格長期低於某一價格就會被摘牌。在香港則是低於一角的股票。仙股雖然現實的投資價值不大，但很適合作爲某些公司借道上市的「殼」，因此某一「仙股」一旦被選中作爲上市「殼」，有新的資產注入就會身價百倍，股價就會一步登天，持有者就會發大財。在中國傳統觀念中，一步登天就意味著成仙，因此這種股票被稱爲「仙股」。這在香港叫圖個「口彩」。

「師兄是說還是有操作的可能？」

「當然有可能，只是那就不歸我們證監會管理了。」

「師兄，雖然不歸你們管，可是你總是行內人，指點一下他們吧。」

賈昊說：「這類事情專業性太強，不是我一句話兩句話能教會他的，你讓他去找專門的機構諮詢一下吧。」

「什麼專業機構啊？」

「有專做這種併購重組事務的專業律師，找到他們問一下怎麼做就好了。」

傅華說：「我對京城內的律師行並不熟悉，師兄能告訴我，行內誰是做這個的？」

「我聽朋友說過一個名字，叫什麼董昇，是北京昌榮律師事務所的主任，是行內做這個的翹楚。」

董昇，傅華愣了一下，他忽然想到了徐筠的男朋友老董，他有一種感覺，似乎這兩人應該是同一個人。

「那謝謝師兄了，如果山祥礦業確實想這麼做，我會讓他找這個董昇打聽一下如何去做的。」

賈昊掛了電話，傅華就打電話給伍奕，把賈昊說的告訴了他，讓他自己考慮要如何去做。

伍奕說：「傅主任，我們是不是先見見這個董昇再來做判斷？」

傅華說：「對，我們先把情況瞭解清楚了再說。這個董昇我可能認識，你等我確認一下再說。」

伍奕說：「那就讓你費心了。」

傅華就打了電話給鄭莉。

「鄭莉啊，你那個姐妹叫徐筠的，她男朋友是不是叫什麼董昇，他工作的律師事務所是不是叫昌榮？」

鄭莉詫異的說：「你問這個幹什麼，我不清楚啊。」

「我一個朋友有些業務需要找一個叫董昇的律師，你幫我問一下徐筠，如果她男朋友就是董昇，你讓她幫我們聯絡一下，安排我們見個面。」

鄭莉聯絡了徐筠，徐筠說她男朋友確實叫董昇，鄭莉就說傅華想約董昇見面，讓徐筠作安排，徐筠問了董昇，董昇說他這兩天很忙沒時間，不過他週末跟人約了打高爾夫，要不到時候在球場碰面吧。

鄭莉跟傅華說了，傅華說：「好的，你讓他安排好，通知我一聲就行了，我們準到。」

傅華把情況告訴伍奕，伍奕說：「這律師可真拽的，有業務上門還沒時間接。」

傅華笑說：「京城乃龍虎之地，你以爲是在海川啊。」

徐正回到海川，馬上就去齊州，找到了郭奎，彙報了想興建海川新機場的計畫。

郭奎聽完，笑著說：「你這個人啊，就是心急，這麼快就想動這麼大的手筆？」

徐正笑笑說：「我們這也是根據省裏面的規劃設想出來的，海東縣正處於沿海經濟產業帶的中心位置，這個點盤活了，整個東海省沿海一帶就能被帶動起來。」

郭奎笑著說：「能帶動你們海川市的經濟倒是真的，說吧，究竟想要省裏如何支持？」

徐正說：「我們想加入國家機場建設發展的規劃中去，這需要省裏首先同意我們立項，然後向民航華東局提出申請。」

郭奎說：「行啊，這件事，省裏面一定會大力支持你的。」

郭奎又問起了關於融宏集團後續項目投資的事情，徐正說還沒著手跟陳徹接觸，郭奎有些不太滿意，說：

「你不要輕視這件事情了，據我所知，有幾個省的領導最近專門去廣州拜訪陳徹，你如果讓別人把這個到嘴的肥肉搶走了，到時候省裏批評你可別叫屈。」

徐正笑笑說：「行，我回頭馬上就抽時間專門去拜訪一下陳徹。」

郭奎說：「這件事情你要跟曲煒碰碰頭，跟他交流一下。」

徐正從郭奎辦公室出來，就去了曲煒的辦公室。

曲煒看到了自己的接任，笑著說：「什麼風把徐市長吹過來了？」

徐正笑笑說：「今天專門來拜訪，是想請教一些關於融宏集團的事情。」

「徐市長不會是還沒去拜訪過陳徹吧？」

徐正說：「還沒有去拜訪過。」

曲煒搖了搖頭，說：「我說一句不該說的話，你有點太輕視融宏集團了。實際上，自從融宏集團在海川設廠以後，我一直很關注這個企業。這個企業已經形成了一種模式，一種可以無限複製繁殖的模式，任何他們接到的電子類代工產品，都可以在短時間內形成規模化量產，這種企業的擴張速度是很可怕的，對所在地的經濟拉動也是很強的。」

徐正說：「我也大體上研究了一下融宏集團，它也不是沒有缺陷。相對來說，它的創新性和科技含量就有點低。」

曲煒笑了，說：「你不要犯這種淺顯的錯誤。不錯，創新性和科技含量高確實能帶來更高的效益，可是這種企業的數量是有限的，而且，通常創新性和科技含量高的企業對人才的要求是很高的，這可不是我們海川市所能供給的。我們多的是從土地上閒置下來的勞動力，多的是土地，很需要這種規模大、用人多的企業。」

徐正點了點頭，說：「可能我看得有點偏了。回去我就準備拜訪陳徹，他這個人怎麼樣，好接觸嗎？」

曲煒說：「他是一個很直率的人，也是一個極精明的商人，不好應付。你如果要去的話，我建議你帶著傅華一起去，他對傅華的印象還不錯。」

徐正說：「我剛從北京回來，爲了啓動海川新機場的事情去探路，這個傅華同志確實很有能力，不愧是你帶出來的。」

曲煒說：「我聽李濤說，你要啓動新機場建設，這當初也是我的一個心願，不過你比我有魄力。」

徐正說：「這也是海川很多人的一個夢想，大家就共同努力把它做好吧。」

週末，傅華和伍奕應約來到高爾夫球場，趙婷也跟著來了。

在董昇帶來的人當中，除了徐筠，傅華意外的發現還有一個他認識的人，那就是劉傑的同學，就職於商務部的崔波，便笑著說：「崔司長，怎麼這麼巧啊？」

崔波跟傅華握了握手，笑說：「老董是我以前的同事，他約我來玩玩的。這傢伙比我聰明，早幾年就下海奔著賺錢去了，不像我還堅守在崗位上。」

原來這董昇是這樣一個背景，傅華笑笑說：「真是沒想到。」

董昇笑著說：「我如果能混到司長這個位置，我也選擇堅守，可惜我沒你這個能力啊。」

崔波說：「你這傢伙淨說風涼話，你一年比我多賺多少錢啊，還不知足？」

董昇笑說：「人還有知足的嗎？」

董昇帶來的另外兩名男子是他律師事務所的同事，相互介紹之後，一行人就下場開始打球。

趙婷和徐筠因爲都是女人，兩人就湊在一起，傅華、伍奕因爲有事要請教，便跟董昇走得比較近。

傅華簡單的將來意講給董昇聽，董昇聽完說：「這件事情可不是一句兩句話就可以說得清楚的。」

伍奕說：「我就是想請教一下董律師要怎麼做，具體細節可以以後慢慢研究。」

董昇說：「要說流程也很簡單，首先要設立離岸公司，然後選一個香港經紀商幫你做莊收購仙股，收購成功之後，再反過來把你國內的公司置於上市公司之中。」

伍奕問：「那就是說，我這個公司能夠在香港上市了？」

董昇說：「運作得好的話，當然可以。」

伍奕笑笑說：「那我想委託董律師幫我做這件事情，應該沒問題吧？」

董昇說：「回頭你到昌榮律師事務所來，我們再詳談吧。」

這時，傅華的手機響了起來，一看竟然是徐正的秘書劉超打來的，便走到一邊接通了，笑著問：「你好，劉秘書，週末也不休息啊？」

劉超笑笑說：「領導不休息，我怎麼能休息啊？」

「有什麼事啊？」

「徐市長讓我問一下，陳徹方面你還有聯繫嗎？」

「我有他助理的電話，徐市長要做什麼？」

劉超說：「徐市長想要去廣州拜訪他，你跟他助理約一下，別去了撲個空。」

「好，我馬上聯繫。」

傅華就調出陳徹助理的電話，撥了電話過去，講明徐正市長想去廣州拜訪陳徹的意思，問陳徹什麼時間在廣州。

陳徹的助理回說：「傅主任，這個需要問過陳先生，等一會兒我給你電話吧。」

助理掛了電話，去了陳徹的辦公室，跟陳徹講了海川市市長徐正想要來拜訪。陳徹笑了，他早就得知曲煒被更換的消息，他對曲煒被換掉，心中是有些不滿的，他是很欣賞曲煒的，可是他也知道大陸官場的運作方式，他不能改變什麼，只能接受。

原本他以爲曲煒的繼任者徐正一上任就會來拜訪他，畢竟他的融宏集團在海川市投資了一大筆錢，可以說是單項投資最大的一家公司，而且預計還會有後續投資項目落戶海川，沒想到在他期待的時間內，徐正卻遲遲不來，直到過了這麼長時間才想起要來拜訪。

陳徹認爲自己受了輕慢，跟曲煒一比較起來，陳徹就感覺到徐正的差距了，當初曲煒爲了招攬融宏集團去海川設廠，親自帶著招商局長、勞動局長等一衆部下趕到廣州，闖上門來，讓自己也爲他的誠意所打動。眼下這個徐正還要跟自己先約一下，顯然是還怕來了撲了個空，而且還是打發手下來跟自己約時間，明顯是自抬身分。

陳徹心裏冷笑了一聲，你一個小小的市長在我面前有什麼身分，我現在到任何地方，哪裡不是省一級的領導親自出面接待，你想要見我我就見你啊，還要看我願不願意見呢。你想見我，無非是爲了我後續的投資，可是我後續的投資不一定非要投在海川，現在找我的地方很多，我可選擇的範圍也很多。

陳徹說：「你跟傅華說，就說我最近工作比較忙，四處飛，沒辦法跟徐市長約時間，讓他替我跟徐市長說聲抱歉了。」

傅華聽完助理轉述的話，不由得愣了，陳徹這是話中有話啊，連忙問助理：「陳先生是不是對我們海川有些不高興啊？」

助理笑笑說：「不好意思，傅主任，我不能隨便揣測陳先生的意思，也看不出陳先生有什麼不高興的，他是笑著說這番話的。他也確實很忙碌，很難找出空閒時間。」

傅華問道：「那陳先生現在是在廣州吧？」

助理說：「是。」

傅華說了聲謝謝，助理就掛了電話。

趙婷這時走到傅華身邊，問道：「誰的電話啊，怎麼你的眉頭皺得這麼緊？」

「是融宏集團的陳徹，他剛剛拒絕了我們市長的約見，這裏面一定出了什麼問題了。」

「哦，那你就別光皺著眉頭了，還是趕緊通知你們市長吧，就是有問題也應該是他的問題。」

傅華就撥通了劉超的手機，把陳徹的回覆告訴他，讓他轉告徐正。

劉超遲疑了一下，他也感覺這個答覆明顯是對徐正有意見了，就說：「我馬上就跟徐市長彙報。」

傅華就去打球去了。剛打了一會兒，手機再次響了起來，這次竟然是徐正座機的號碼，連忙接通了說：「徐市長，您好。」

「傅主任，陳徹究竟是什麼意思啊？什麼他最近工作比較忙，四處飛，沒辦法跟我約時間，難道他不想見我？」

傅華有點尷尬的說：「我想他大概是這個意思。」

「爲什麼，我們海川市什麼地方對不起他了，他竟然這麼對待我？」

傅華不敢說話了，就拿著手機聽著。

「你別不說話啊，說說你覺得問題出在哪裡？」

傅華苦笑了一下，說：「徐市長，我現在的工作陣地在北京，至於海川的融宏廠區發生了什麼事，我又怎麼知道？」

「不對啊，我們這裏對融宏集團是很照顧的，原有的優惠政策都沒改變，工商稅務也不敢去騷擾他們，按說他們應該沒什麼不滿才對。」

傅華沒辦法發表意見，還是拿著手機聽。

徐正不滿的說：「你別裝聾作啞，郭省長特別交代過我，一定要把融宏集團的事情處理好，現在陳徹連見都不見我，我要如何來處理這件事情啊？傅華，當初是你把陳徹引到海川的，你對他一定有所瞭解，說說你對這件事情的看法吧。」

傅華說：「我個人覺得，我們對融宏集團做的雖然也不差，只是可能別的地方比我們做的更好。這些年大家都在招商，搞得這些外來的客商覺得自己身價倍增，可能我們稍稍有些不周到，他們就挑毛病。再有一種可能，陳徹希望能借助這一次拒絕，提高他在後續投資談判中的要價。」

徐正說：「真是把他們慣的。一個商人而已，還這麼大的脾氣。」

傅華乾笑了一下，沒說什麼，心裏卻不以爲然，現在不是商人敬陪末座的時代了，從新聞中可以看到跨國集團的總裁來中國，受到接待的規格都是極高的，不能否認商人在這個時代是大受歡迎的，那些富可敵國的商人是很多政府的座上賓。而且就目前融宏集團的規模來看，陳徹也有這種資格擺譜。

從這句話中，傅華感受到了徐正官氣的一面，他是把自己置於高於陳徹的地位之上的，他感覺去見陳徹有點降尊紆貴，甚至是給陳徹面子。這與當初曲煒去見陳徹的態度截然相反，曲煒當初去見陳徹，是以一個平等的身分，以幫助陳徹解決問題的角度來跟他交涉的。

傅華不知道這場談話如何繼續下去，他跟徐正的關係還算很陌生，根本達不到跟曲煒那種親密的程度，因此即使知道問題的所在，他也無法像當初在曲煒面前那樣直言不諱，他只能等著徐正來結束這場談話。

徐正可沒一點想要結束談話的意思，他嘆了一口氣，接著說道：「不過，郭省長既然交代了，這件事情就必須辦好。傅主任，我知道你當初跟曲市長是直接闖上門去的，要不你陪我去一趟廣州，我們也直接闖上門去？」

傅華心裏苦笑了一下，現在闖上門去怕也是晚了，這有點鬧意氣的意味，人家都說不在了，你卻非要來，到時候如果陳徹就是不給面子說不在廣州，那時候要怎麼辦？而且看眼前這位市長的脾氣似乎很火爆，那時候被當面回絕，他會是怎樣一個心情可想而知，事情可能會鬧得更僵。就算退一萬步來說，陳徹見了你，可是他心裏會高興嗎？這種合作是你情我願的事情，一方心裏彆扭，就算繼續合作，怕也是不能長久。

傅華小心翼翼的說：「徐市長，這樣不好吧？」

徐正說：「怎麼個不好法？」

「如果到時候陳徹確實不在廣州，那您如何自處？」

傅華不敢說陳徹到時候堅持不見你你怎麼辦，只好變相提醒徐正一下。

徐正也是聰明人，馬上就明白了傅華話中的意味，咂巴了一下嘴，說：「那怎麼辦啊？他不見我，我們什麼都不能談啊。」

傅華心說：他就算見了你，什麼都跟你談了，你也不一定能達成所願啊。傅華乾笑了一下，他不能回答徐正的話。

徐正有點惱火，說：「你別光傻笑，你也想想招，你不是挺有辦法的嗎？」

傅華想了想說：「我倒是想到了一個辦法，只是怕徐市長不願意去做。」

「什麼辦法，說說看？」

「我覺得眼前這個局面，徐市長您親自出面已經不夠了，既然這件事情郭省長十分重視，您看是不是請郭省長出馬？」

徐正愣了一下，說：「你讓我向郭省長求助？」

傅華說：「據我所知，當初陳徹剛到我們這兒投資的時候，曾經到省裏拜訪過郭省長，兩人相談甚歡，如果郭省長能夠出面，我想陳徹應該不好再拒絕了。」

如果要請郭奎出面，徐正就要解釋爲什麼陳徹不肯見他，這是傅華拿不準徐正願不願意這麼做的原因。但是，如果沒有一個更有力的人士出面，目前陳徹這種避不見面的僵局是無法打開的。

果然徐正有些爲難，說：「這個嘛，請郭省長出面就能行嗎？」

傅華心說，我可不敢給你打這個包票，便說：「這只是我個人的一種感覺，能不能行，我心裏也沒底。」

徐正說：「那我考慮考慮吧。」說完掛了電話。

傅華苦笑著搖了搖頭，他看出徐正跟曲煒之間雖然做事都是雷厲風行，可實際上還是略有差別的，曲煒如果感覺這麼做能對解決事情有好處，他是不會顧惜自己的面子，立馬就會去行動的；而徐正明顯有點自重身分，不肯去找郭奎，因爲那樣做明顯他是會受到郭奎的批評。

但這件事情又是不可避免的，郭奎既然叮囑過徐正要處理好融宏集團的投資，就說明郭奎對融宏集團是十分重視的，徐正如果不找郭奎出面，陳徹很可能將後續投資轉到其他地方，那他可能要面臨郭奎更大的批評。這種一看就知道結果的事情，還能有什麼考慮的餘地嗎？

這時，崔波在不遠處笑著說：「傅主任，你到底打不打球了？我看你這個駐京辦主任比我這個司長都忙啊。」

傅華一看大家都在等著自己，連忙陪笑著說：「不好意思，崔司長，我這個駐京辦主任只有聽人吩咐的份，領導找到了我，什麼都得放下。我馬上就打，馬上就打。」

傅華就來到自己的高爾夫球面前，也顧不得仔細比量了，揮桿就將球打了出去，球局才得以繼續打下去。

打完球，一行人洗浴之後，就在俱樂部吃飯。席間，傅華注意到雖然崔波說他跟董昇是以前的同事，相約出來玩玩的，可是行動之間，似乎董昇和他那兩位同事對崔波十分的尊敬，這怕不是簡單的一種前同事的關係，也不單單是因爲崔波是司長，級別很高，更可能的是董昇有求於崔波的一種表現。

另一件讓傅華十分意外的事情是，徐筠對於董昇十分的體貼和關愛，在桌上不斷地給董昇夾菜倒水，甚至可以說是體貼到了一種令人肉麻的程度，但董昇卻是一副毫不在乎的樣子，似乎徐筠那麼對他是理所當然的。

原本傅華以爲徐筠相對董昇年輕漂亮很多，應該是董昇追求徐筠才對，可徐筠的表現讓傅華覺得，董昇才是這段關係的主宰，徐筠是被主宰的，也不知道這董昇怎麼手腕如此高超，讓徐筠這麼服貼。

吃完飯，董昇和崔波等人就和傅華、趙婷、伍奕在俱樂部分了手。

伍奕看著董昇等人離開，這才轉頭問傅華：「你打那麼長的電話，是市裏面有什麼事情嗎？」

傅華笑笑說：「你現在有時間來關心我的事情啦？你今天跟董昇談得如何？」

伍奕笑說：「感覺上還不錯，如果可能的話，我想跟他們合作。你那邊究竟出了什麼事情啊？」

「沒什麼啦，市裏面跟一個投資客商出了一點小問題，徐市長打電話來問情況的。你跟董昇合作要小心些，這些律師都善於鑽法律空子，你別叫他們繞進去。」

伍奕笑了，說：「我想要的就是他們的這種能力。」

傅華也笑了，其實很多人找律師，目的就是要鑽法律的漏洞，真正要用法律維護公平正義的人少之又少，他們想的都是如何維護自己的利益。

「既然這樣，下面的事情你們自己看著辦吧，我就不參與了。」

伍奕搖了搖頭，說：「傅主任，這怎麼行，你既然牽了這條線，一定要幫我負責到底，你要知道，我是大老粗一個，沒讀過很多書，你到時候要幫我把把關。」

傅華笑說：「我又不懂什麼投資併購之類的法規，我能把什麼關，你太瞧得起我了。」

伍奕說：「反正你不能置身世外，就是幫我參謀一下也行。」

傅華笑著說：「還被你賴上了呢。」

「誰叫我們投緣呢。」

傅華和趙婷就此跟伍奕分了手。

在車上，趙婷笑說：「我覺得今天徐筠姐也挺幸福的。」

「爲什麼啊？」

「你沒看她的眼神都在董昇身上嗎？跟一個自己愛的人在一起，是一種多麼幸福的事情啊。」

傅華握了握趙婷的手，說：「那我和你在一起豈不是更幸福？」

趙婷一撇嘴，說：「你就忙著你駐京辦的事情，今天根本就沒怎麼注意我。」

傅華笑了，說：「像徐筠今天這個樣子對董昇，我倒覺得有點過頭了。」

「爲什麼？你不要爲自己不注意我找藉口了。」

傅華說：「有時候，心裏想著對方就是一種關懷，像徐筠這樣太過於體貼對方，會讓男人感到一種壓力和束縛，說不定反而會讓男人遠離她。」

徐正經過一番考慮，還是決定把陳徹拒絕跟自己見面的情況跟郭奎通報一下。他並不笨，知道這個問題無可回避，一旦陳徹選擇投資在別處的話，郭奎肯定是會知道的，那時候自己更無法跟郭奎交代。

徐正打了電話給郭奎，郭奎聽完情況，不高興地說：「徐市長，你究竟做了什麼事，竟然讓陳徹拒絕見你。」

徐正苦笑了一下，說：「沒有哇，我只是按照您的吩咐想要跟他約一下，見個面，沒想到他就拒絕了。」

郭奎問道：「你自己打電話跟他約的？」

「那倒沒有，我讓海川駐京辦的主任傅華跟他約的。」

郭奎冷笑了一聲，說：「你接任到現在，還沒親自打電話給陳徹過？」

徐正說：「我忙著熟悉海川的情況，一直沒來得及跟他通電話。上次您提起要我重視融宏集團，我就安排去見他了，哪知道會是現在這個樣子。」

郭奎說：「你倒好大的架子，前段時間，我記得你參加了去崑山學習招商引資的參觀團，人家崑山的領導可以喊出他的電話二十四小時爲外商開著，你呢，境內有這麼大一家企業，到任這麼長時間，竟然還沒跟人家董事長聯絡過，你就是這麼爲外商服務的嗎？你在崑山都學到了什麼啊？」

徐正說：「對不起，郭省長，我可能覺得融宏集團已經落戶海川，對他們有所忽視了。」

郭奎說：「你這個同志啊，你讓我說你什麼好呢？崑山經驗你到底吃透沒有？崑山經驗中不是有一條嗎，要將促進企業增資擴股作爲擴大利用外資的重要手段。崑山市堅持新批外資項目與促進現有企業增資擴股並重，千方百計促進已有外資企業增資擴股，這樣外資到賬快，引資成本低。在融宏集團這個問題上，曲煒同志已經爲你打好了基礎，你應該更進一步才對。怎麼不進反退了？」

「我也在著手想辦法解決這個問題，所以想請郭省長您幫我們海川市個忙。」

「你要我做什麼？」

「能不能請您出面，帶我們一起去見見陳徹？」

「你讓我去約見陳徹？」

徐正說：「對啊，陳徹可以不買我的面子，可是他一定不能不買您的面子吧？」

郭奎哼了一聲，說：「要知道面子不是別人給的，是你自己做出來的，是你做的事情讓人家覺得不需要給你面子。」

「郭省長，我知道了，您是不是可以幫這個忙呢？」

郭奎並不想讓徐正太過於難堪，畢竟徐正當上海川市長，當初是他引薦給程遠的，就說：「你等一下，我打電話給陳徹試一試吧。」

郭奎就找出了陳徹留給他的聯繫方式，撥通了電話。電話依然是陳徹的助理接的，郭奎說：「我是東海省的郭奎，我想跟陳徹先生講話。」

助理說：「請您等一下，郭省長，我馬上給您通報一聲。」

助理把電話拿給了陳徹，說明是郭奎省長的電話，陳徹拿過電話來笑著說：「您好啊，郭省長。」

「您好陳先生，最近身體怎麼樣？」

「挺好的，勞您掛念了。」

「自您上次來東海省，我們一晃大半年沒見面了吧？」

陳徹笑笑說：「半年多了。」

「我還記得當時跟您談得十分愉快，真的很想再跟您深談一次，您也不要整天忙於工作了，什麼時間有空，再來我們東海省走走吧。」

陳徹笑說：「那次深談我也受益匪淺，也很想再見見郭省長，可惜一大堆工作等著我做呢，抽不出時間來啊。」

「既然您抽不出時間來，那我過去看您如何？」

陳徹呵呵笑了，說：「郭省長大概是爲了海川而來的吧？」

郭奎笑笑：「也是，也不是，我也很想見見您這個老朋友，看看融宏集團在廣州的工廠，參觀學習一下，也算是我對您來東海省的一次回訪。您看行嗎？」

陳徹回說：「郭省長真是太客氣了，我當然是歡迎之至了。」

「我冒昧的問一句，陳先生，海川這一次有什麼地方做的不好嗎？」

陳徹自然不會說出他不見徐正的真實原因，那會顯得有些小氣，便笑著說：「沒有啦，只是我最近確實比較忙，所以婉拒了徐市長見面的約請。」

郭奎笑笑說：「真的沒有嗎？如果有，您可以跟我說，我來批評他。」

陳徹仍然否認說：「真的沒有。」

郭奎接著說道：「關於曲煒被調職，陳先生您要體諒一下我們省裏，事發突然，我們也是不得已。」

「郭省長，我真的沒有怪罪你們的意思，不過，你既然提起曲煒先生，我也有段日子沒見過他了，倒還真是很想再見見他，他是一位有能力又務實的好幹部啊。」

郭奎笑著說：「您要見他簡單，這次我讓他跟我一起去廣州。」

第四章

# 財神駕到

陳徹笑罵道：「你這傢伙，是說我財迷囉？」
傅華笑說：「您怎麼是財迷呢，您是財神。」
眾人都笑了，陳徹也哈哈大笑。
傅華這個玩笑開得十分恰當，確實以陳徹的身價稱得上是財神，他自己聽了心裏也十分熨貼。

傅華被緊急通知去廣州跟市長徐正會合，這一次是省長郭奎帶隊，到廣州的融宏集團參觀學習。傅華只好放下手頭的工作，飛往廣州，跟徐正郭奎一行會合。

到了廣州，傅華被直接帶到了郭奎的房間，他看到了曲煒，這才知道這次參加的人中還有曲煒，便向曲煒點頭示意。

郭奎看見傅華，說：「你就是那個駐京辦主任了吧？」

傅華笑笑說：「是我。」

郭奎說：「當初你跟曲煒同志爲海川爭取到了融宏集團的落戶，立下了第一功，今天把你叫過來，是我們要全力爭取，把融宏集團後續的投資留在海川。」

傅華說：「我一定會全力配合好徐市長的工作。」

郭奎看看徐正，說：「徐市長，我推掉了手頭的工作爲你飛到廣州來，能調集的人馬我都給你調集來了，希望你這一次一定要把陳徹拿下來，不要辜負我這一番苦心。」

徐正立刻說：「郭省長，您放心，我們一定全力爭取。」

「你不要光說讓我放心，你把準備工作做漂亮一點，讓陳徹挑不出毛病來，就不會有什麼問題了。」

徐正臉上不自覺的紅了一下，他覺得郭奎還是在埋怨他事先沒把工作做好，結果還要郭奎自己親自出馬。

徐正說：「我已經把準備工作很認真的檢查了一遍，確保沒什麼問題了。」

郭奎又確認了一下細節，然後說：「明天見陳徹都給我打起精神來，不准出一點紕漏。」這才放大家各自回去休息。

出了郭奎的房間，傅華跟在徐正的後面，問道：「徐市長，有沒有需要我做的工作？」

徐正板著臉說：「準備工作市裏面都已經做好了，叫你來，是因爲郭省長覺得當初是你把陳徹引到海川的，你來了，多一個保險，沒什麼要你具體做的，你明天小心應對就好了。」

傅華說：「我知道了。」

說話間就到了徐正的房間，劉超開了門，傅華見徐正並沒有請自己進去的意思，只好說了聲：「徐市長您休息吧。」

徐正嗯了一聲，劉超衝傅華笑笑，就關上了房門。

傅華感到一種被冷淡的滋味，輕輕搖了搖頭，看來徐正雖然是請郭奎親自出馬了，可是心中並不是十分願意接受這種局面。

傅華找到了曲煒的房間，敲了門，曲煒開門讓他進去了。

傅華說：「您這次怎麼也來了？」

嗎？」

曲煒笑笑說：「陳徹跟郭省長說想見我，我就來了。徐正剛才交代過你什麼了

傅華說：「沒什麼，只是要我明天小心應對。他似乎有點不高興。」

曲煒說：「他當然不會高興了，此次來如果有成績，郭省長親自出馬了，自然輪不到他；如果有什麼失誤，事情本來就是因他而起，自然是他承擔。這種有過無功的事情他怎麼會高興呢。」

傅華搖了搖頭，說：「早知道這樣，我不建議他找郭省長出面就好了。」

曲煒看了傅華一眼，說：「是你建議徐正找郭省長的？哎，你這一次真要小心應對了。徐正這個人我多少瞭解一點，他算是一個很正直的官員，能力也可以，唯一不好的一點，就是器量偏狹了點。這一次如果皆大歡喜還好，如果他受到點羞辱，怕是他會把賬記到你我的頭上。我沒什麼，他管不著我，你就不好辦了。」

傅華無奈地說：「這一次也不知道陳徹是為什麼，直接就拒絕了徐正的約見，我不提議他找郭省長，事情就算破局了。我是想把事情解決了，徐正就是要怪罪於我，我也沒辦法。」

曲煒嘆了口氣說：「這一點你跟我一樣，都是先想如何把事情解決掉，而不去想自己在其中如何自處，唉，現在這種做法吃不開的。」

傅華笑著說：「我想這是性格的問題，改不掉的。」

曲煒也笑了，「是，我也改不掉。好了，明天小心一點就是了。」

第二天，郭奎帶隊到了融宏集團，陳徹已經在大門口等候了，郭奎一下車，他就快步迎上去跟郭奎握手，笑著說：「郭省長，歡迎來我們集團參觀。」

郭奎也笑著說：「陳先生不嫌我們麻煩就好。」

陳徹回說：「怎麼會，您能來，我們蓬華生輝啊。」

郭奎又介紹了徐正：「這位是我們的徐正同志，海川市的新任代市長。」

徐正跟陳徹握了手，說：「您好，陳先生。」

陳徹客套說：「您好，徐市長，前段時間我真的很忙，沒能跟您見面真是抱歉。」

陳徹是說場面話，徐正心裏卻很不是滋味，心說你忙什麼，郭省長一個電話你就見他，你不見我，擺明是不給我面子，嫌我級別低。

雖然心裏彆扭，徐正還是笑著說：「陳先生客氣了，是我約的時間不恰當，不關你的事。」

陳徹這時看到了站在一旁的曲煒，伸出手說：「曲市長，不，現在應該是叫曲副秘書長了，我們又見面了。」

曲煒跟陳徹親熱的握手，笑著說：「陳先生，你的身體還是這麼棒，我真是有點羨慕你啊。」

陳徹拍了拍曲煒的肩膀，說：「你也不差啊。」

曲煒說：「我差得多了，哪有陳先生這麼富有活力。」

「呵呵，忙碌就是最好的補藥，我忙起來渾身都有勁。」陳徹這時看到了站在人群之後的傅華，笑著向他招手，說：「過來，小傅，想不到你也來了。」

傅華有點尷尬的走到了陳徹面前，他越是不想引起眾人的注意，偏偏陳徹越是關注他，他笑著跟陳徹握了握手，說：「您好，陳先生。」

傅華眼角的餘光掃到了徐正，徐正被冷落在人群邊上，正冷眼看著他。

陳徹親切地說：「你這個小傅，把我們融宏集團引到海川之後就沒影了，也不來看看我老頭子。」

傅華笑說：「我是怕來打攪您，到時候被我一耽擱，不知道您又要少賺幾個億了。」

陳徹笑罵道：「你這傢伙，是說我財迷囉？」

傅華笑說：「您怎麼是財迷呢，您是財神。」

眾人都笑了，陳徹也哈哈大笑。傅華這個玩笑開得十分恰當，確實以陳徹的身價稱得上是財神，他自己聽了心裏也十分熨貼。

傅華不敢在陳徹身邊耗的時間太長，玩笑過後，就趕緊閃到了一邊，陳徹就跟其他人匆匆握了握手，握手完畢，轉身領著郭奎往廠區裏走，一邊走，一邊親自給郭奎講解。

他雖貴爲這個廠區的主人，卻對廠區的每一個生產細節都瞭若指掌，竟然比一線的工人還熟悉情況，一一講解下來，讓郭奎等人暗自嘆服。

講解過程中，陳徹雖然也顧念徐正是市長，也跟徐正偶爾說幾句話，但大多數時間是跟郭奎、曲煒、傅華說，尤其是傅華，由於他級別低，走在後面，陳徹不時的回過頭來跟他說幾句，弄得他不時要走到前面去。陳徹不講話時，他又得自覺地落後一點。

本來他想謹守本分，不想弄得他比徐正更受歡迎，可是由於陳徹不時回頭，這下子反而弄得更加顯眼。他看到徐正的臉色越來越難看，心裏一陣陣發涼，可是卻無可奈何。

中午，陳徹並沒有因爲郭奎的到來就大擺宴席，還是像當初接待曲煒一樣，帶他們到了工廠食堂，郭奎和陳徹聊著天，各自取了自己的菜，坐到了一起，徐正和曲煒很自然坐到了郭奎的身旁。

傅華取了菜，走向海川市跟來的隨從人員那一塊，他們的級別最低，自然離郭奎這一桌比較遠一點。這是很正常的官場倫理，通常官員都會按照自己的級別，自然的排定離主要領導的遠近。

郭奎看到傅華走到旁邊去，就叫了一聲：「小傅，過來坐。」

傅華心裏很不情願，守著領導吃飯，說話都得小心，十分拘束，不過郭省長叫了自己，他沒辦法再躲開，只好拿著餐盤坐了過去。

一坐下去就聽郭奎笑著說：「陳先生，你這種用餐的方式真的很好，又隨意，又吃得好。」

陳徹笑說：「只要郭省長不嫌我簡慢就好。」

郭奎笑著說：「我們都是直率人，就不用客氣了。我想這一次我來的目的，陳先生早就明瞭了，那我就不轉彎抹角了。」

陳徹笑笑說：「直截了當最好。」

郭奎說：「就像小傅說的，陳先生本身就是一尊財神，我們來呢，也是想陳先生能夠把您的財富往海川多放一點，大家共同發財。原本您在海川投資的時候，就預計會有第二期的投資，您如果對海川沒有什麼意見，是不是可以啓動第二期的投資了？」

陳徹看了傅華一眼，笑說：「什麼財神啊，那是小傅的玩笑話。」

陳徹並沒有直接答覆要不要開啓第二期投資談判，只是說笑閃了過去。

郭奎看了看陳徹，說：「如果您是覺得海川方面有什麼做的不好的，今天徐市長就在這裡，您提出來，我馬上責令他改正。」

徐正也看向陳徹，表態說：「陳先生，如果我們政府有什麼做的不好，我向您保證，立馬糾正。」

陳徹笑了，說：「郭省長，徐市長，你們這是步步緊逼啊。」

曲煒也幫腔說：「陳先生，我雖然不是海川市的市長了，不過我感覺從您的角度出發，第二期投資繼續安排在海川對您是十分有利的。古人作戰，講求天時地利人和，融宏集團在海川已經有了成熟的廠區，又有我們徐市長這些願意跟您配合的政府官員，地利和人和已得其二，您如果捨此而去他地，實非智者所爲。」

傅華說：「陳先生，您當初選擇海川，肯定是有很多海川適合融宏集團發展的理由，現在融宏集團在海川發展的確實很好，您爲什麼不繼續您當初英明的決策呢。」

陳徹笑說：「好啦，我決定繼續在海川投資。其實，西北省分的一些領導跟我們融宏集團交涉過，想要我們去那裏投資，他們的條件比你們優惠得多，我本來想回應一下國家開發大西北的政策的，不過郭省長和徐市長既然親自到我們融宏集團來了，這份誠意令我十分感動，衝著兩位，我不去西北了。」

飯後，郭奎因爲第二天還有一場重要的會議要參加，帶著曲煒等隨從坐飛機離開了廣州，傅華陪同徐正一起在機場送走了郭奎。

在回程的車上，他請示徐正自己下面要幹什麼？徐正看了他一眼，說：「你還是回去吧，這邊我們跟融宏集團交涉之後，具體的事情還是要趕回海川去談的。」

傅華說：「好的，我明天就回去。」

徐正不說話了，閉著眼睛養神。

快到賓館的時候，徐正突然張眼問道：「傅主任啊，我今天看陳徹真的對你很不錯啊，爲什麼當時我讓你幫我約他見個面都做不到呢？」

傅華心裏一驚，他最怕的還是來了，這個徐正果然像曲煒所說的那樣有些器量偏狹，他是懷疑自己當時約見陳徹時沒有盡力。

傅華連忙解釋說：「我當時是跟陳徹的助理談的，所有的話都是助理轉述的，我也沒辦法直接跟陳徹本人交涉。造成這種狀況，我也是沒想到的。」

傅華想要強調自己跟陳徹的身分差著檔次呢，他不能像郭奎一樣直接跟陳徹交談，身分的差別決定著陳徹可以對他表示友好，可他卻無權去干涉陳徹做事對人的態度。他相信徐正也是聰明人，應該明白其中的道理。

徐正沒再說什麼，就這麼回到了賓館。下了車，也沒看傅華，直接去了自己的房間。傅華跟在他身後，見他沒再跟自己說什麼，等他進了房間，自己也回了房間。

回到房間，傅華鬆了一口氣，他感覺後背涼嗖嗖的，心說古人講伴君如伴虎，自己陪伴著這一個令人捉摸不定的徐市長，還真有點伴著老虎的感覺。

第二天，傅華跟徐正打了招呼，就去了廣州機場。在機場等飛機的時候，心中鬱悶的他打了個電話給曲煒，跟曲煒講了他們走後徐正對自己的態度。

曲煒笑笑說：「徐正應該不會對你沒事找事，不過你自己要小心，一旦你犯了什麼錯，怕他是不會放過你的。」

傅華嘆了一口氣，他深深地感到曲煒離開之後，自己的工作變得更爲艱難了，他不但要應對外面的風風雨雨，還要承受來自身後內部的猜忌。

傅華有些無奈的說：「我也只能做好本分，別人要怎麼想我也管不到的。」

曲煒也嘆了口氣，說：「傅華啊，我現在也護不了你了，好自爲之吧。」

傅華悶悶不樂的上了飛機，直到看到在首都機場迎候他的趙婷開心的笑臉，他的鬱悶才一掃而光，不管怎麼樣，還有一個知心的愛人跟自己共同面對這一切，就算徐正給自己出點難題又如何呢？大不了老子不伺候了。

傅華把撲過來的趙婷攬進了懷裏，說：「你跑這麼遠來接我幹嘛，讓駐京辦來接我就好了嘛。」

趙婷說：「我急著見你嘛。」

兩人相擁著上了車，趙婷發動了車子，車子駛離了機場。

在車上，趙婷說：「我爸爸回來了，要你晚上去家裏吃飯。」

趙凱預定的行程是在昨天回來，這一點傅華知道，笑笑說：「好哇。」

晚上，傅華便和趙婷一起回家吃飯，席間，趙凱跟傅華聊了些這次去國外的見聞。

晚飯後，趙凱把傅華叫到了書房。

趙凱看著傅華說：「傅華，我看你這次去廣州，回來的心情不是很好，怎麼，事情辦得不順利？」

傅華笑笑說：「被叔叔看出來了，事情是辦得很順利，可是我感覺有點惹到了新來的市長，把關係搞得很僵。」

「那個市長是叫徐正吧？」

「叔叔，你的消息倒很靈通。」

「他是你的領導，我自然想多瞭解一點情況。」

傅華有點感動，說：「謝謝叔叔的關心了。」

趙凱說：「徐正在楊城市的官聲還不錯，爲當地百姓做了點實事，算是一個能吏。但是有些時候，越是這種能吏，越是不好相處。人嘛，沒有十全十美的，這方面沒毛病，那一方面就肯定有問題。」

傅華笑笑說：「我也知道人無完人的道理，可是這一次我明明是想幫徐正把事情辦好，偏偏他覺得我根本沒盡力，實在是沒道理。」

「究竟是怎麼回事啊？」

傅華就把過程講給了趙凱聽，趙凱聽完含笑不語，傅華看他這個神態，便說：「難道叔叔也覺得我做的不對？」

趙凱笑說：「不是啦，其實大多時候，人們對自己的選擇都認爲是對的，但在別人看來，對與不對要根據他們本身的情況來判斷。項羽會在烏江自刎，是被劉邦打得連東山再起都不敢想了，絕望之下才抹了脖子，實際是懦夫的行爲；可在後人看來，這是莫大的勇氣。同樣的道理，徐正判斷你做這件事情的對錯，也是從他自身的利益出發的。」

傅華說：「是啊，這次事情雖然解決了，徐正在郭奎省長面前卻弄得灰頭土臉，他自然無法高興起來。」

「我覺得你也沒必要去在乎他的態度，你想要什麼？要升官嗎？你要升官，非要離開駐京辦才行。你要嗎？我看你對財富也不是很熱衷，發財大概也不是你的理想。你既然沒什麼有求於徐正的，那你還在乎什麼？」

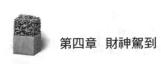

「這倒也是，我這個駐京辦主任實在是一個超然的位置，真的沒必要在乎徐正的態度。」

傅華被趙凱說得心情一下子開朗了很多，兩人又談了一些海川大廈工程上的事務，傅華看看時間不早了，就站起來要告辭。

趙凱看了傅華一眼，說：「別在我面前裝了，這麼晚了，你就留下來吧。」

傅華愣了一下，旋即明白趙凱已經知道自己前幾天留宿在這裏的情況，臉紅了一下，說：「叔叔您都知道了？」

趙凱說：「這是我家，我再不知道豈不是成了聾子和瞎子了？」

傅華的臉越發紅了，說：「不好意思，我跟小婷……」

趙凱擺了擺手，打斷了傅華，「你不用解釋了，我也是從年輕時候過來的。目前你們的房子還在裝修，舉行婚禮的日子，我想等王大師從外地回來再決定。你們倆先找個時間去登記吧，也有個正式的名頭。」

趙凱既然把一切都說開了，傅華就沒必要走了，他坐了下來，說：「好的，一會兒我跟小婷商量一下，儘快去把登記給辦了。您說的這位王大師是什麼人啊，爲什麼非要等他回來選日子？」

「王大師是世外高人，精通奇門遁甲之術。上次你們買的房子就是他給看的風水，我已經把你和小婷的八字給了他，他說要回去研究一下，仔細選一個好日子。」

傅華笑笑說：「奇門遁甲是什麼，很神嗎？」

「奇門遁甲的來源，見於《古今圖書集成》，據書上記載，奇門遁甲起源於四千六百多年前，軒轅黃帝大戰蚩尤之時；當時我們的祖先黃帝和蚩尤在涿鹿展開一場前所未有的大戰，蚩尤在戰場上製造迷霧，使得黃帝的部隊迷失方向。有一天晚上，大家都在睡覺的時候，忽然軒轅丘上傳來驚天動地的聲音以及非常強烈的光芒，驚醒了黃帝及眾人。大家跑過去一看，原來有一隻彩鳳自天空中緩緩下降，從彩鳳上走出一位全身大放光明的仙女，仙女手上捧著一個長九寸闊八寸的玉匣，黃帝接過來打開一看，裏面有一本天篆文冊龍甲神章。黃帝根據書裏的記載製造了指南車，終於打敗了蚩尤。龍甲神章除了記載兵器的打造方法之外，還記載了很多行軍打仗、遣兵調將的兵法，於是黃帝要他的宰相風后把龍甲神章演譯成兵法十三章、孤虛法十二章和奇門遁甲一千零八十局。後來經過周朝姜太公，漢代黃石老人，再傳給張良，張良把它精簡之後，變成現在的奇門遁甲。」

傅華笑說：「這不過是一個傳說而已。」

「這個來歷當然有神化的一面，不過我看過一些奇門遁甲的書，十分深奧，它以易經八卦爲基礎，結合星相曆法、天文地理、陰陽五行等要素，歷代政治家、軍事家都把它用於決策，成就了非凡的事業。當今很多人則把它用於商業發展、經營管理方面，效果非常顯著。」

傅華笑著說：「這麼說，叔叔驗證過了？」

「我幾次大的決斷都經過王大師事先占卜過，事後證明都很順利。」

「叔叔做事肯定事先都經過充分的調查論證了吧？」

「我當然不會盲目的相信王大師的占卜。」

「叔叔為什麼不認為事情順利成功，是你充分調查論證的結果呢？」

趙凱笑了，說：「呵呵，當然也有這方面的因素。你是在懷疑王大師？也難怪，你們受教育的時代，是大量受西方思想影響的時代，西方的科學文化是一種實證科學，什麼都要驗證了才被認可，而中國文化則不同，很多方面是無法經過驗證的；像中醫的經絡學說，在解剖學上根本找不到實證，但你能否認經絡的存在嗎？不能吧？」

傅華笑說：「當然不能，否則中醫的針灸就沒有了立足的根本，不過，那也不代表王大師真的那麼神。」

「我相信他，是因為他過去的一段經歷，當年他曾經用奇門遁甲擺了一個局，將他們村裏的一眼水井弄得乾涸了。」

傅華說：「他為什麼毀掉水井啊？這不是用法術做壞事嗎？」

趙凱說：「他是爲了救人。當時村裏的一個女人得了重病，四處求醫不得……」

這時，趙婷推門進來，笑著說：「你們在說什麼呢？」

傅華笑說：「我正在聽叔叔講古。」

趙婷走到傅華身邊，說：「時間很晚了，你應該回去了。」

傅華笑說：「叔叔說我可以留下來，他已經知道我們在一起了。」

趙婷的臉騰地一下紅了。

趙凱笑笑說：「不用臉紅了，反正你們已經到了這種程度，我跟你媽都不反對你們住在一起，剛才我還跟傅華說，要他帶你先去把結婚證辦下來。」

趙婷沒說什麼，臉紅紅的坐在了傅華旁邊，她在自己的父親面前還是有點不好意思。

傅華伸手握住了她的手，爲了掩飾兩人的尷尬，轉了話題說：「叔叔，您還是先說完故事吧，我很好奇下面是怎麼個情況。」

趙凱笑笑，說：「得了重病的這個人恰好遇到了王大師，王大師說她是被人暗地裏下詛咒了，你們看過電視裏的那種用針扎小人的情形吧？王大師說，她就是被一個知道她生辰八字的人用這種方式詛咒了。」

趙婷好奇地說：「那不是女孩子們玩的小遊戲嗎？叫什麼巫毒娃娃的。真有這麼詛咒人的？靈驗嗎？」

趙凱說：「不是那麼簡單的，必須有被詛咒的人確切的生辰八字，而且必須在特定的時辰、在特定的部位扎針，還要扎夠足夠的天數才會靈驗的。王大師見到那個女人的時候，再有兩天她就會有生命危險了。王大師看破這一切之後，那個女人就求王大師救她，大師看了看，問她家附近有沒有活水，如果要破詛咒，必須滅了這潭活水。女人想來想去，只有那口井在她家門前，大師就在眼井前布了一個局，然後擲了一根桃木到井裏，井水就乾涸了，女人的病也好了。同時，村裏的一個老太太眼睛突然瞎了一隻，王大師說這是因爲詛咒被破了，下詛咒的人一定會反受其殃的。」

趙婷驚訝地道：「真的假的？能不能演示一下看看？」

趙凱說：「這怎麼能隨便演示，王大師說，除非救人，否則這種局不能亂布的。」

傅華笑著說：「還是很難令人相信。那個老太太爲什麼要這個女人死呢？」

趙凱說：「老太太是女人的媽媽，當初堅決反對女人嫁給她丈夫，結果女人私奔到她丈夫家裏，不認她這個媽了。老太太氣憤之下，才想置女兒於死地。」

趙婷說：「這個故事比說書唱戲的還精彩。爸，是那個王大師編來騙你的吧？」

趙凱笑了，說：「爸爸是什麼人，會被他騙？這件事情就發生在京郊的一個村裏，那個村裏，很多老人都知道的。其實我也不是把他的話奉爲圭臬，大多時候我向他徵詢，只不過想看看做某件事情會不會有不利的地方，王大師總能講出令人信服的道理。你不知道，很多官場上的人都把王大師的話當做做事的指標，比我信服的多。」

傅華知道像趙凱這種人跟陳徹是一樣的，當初陳徹在觀音娘娘面前求了一支下下籤，可是他最終只取了對他有利的部分。像他們這樣級別的大老闆，意志很難被人左右，即使是一個神乎其神的大師。

說起來，這不過是一個各取所需的遊戲，大師得到了錢財，而趙凱則是加強了自信。

趙婷說：「我總覺得神神秘秘的，爸，你小心他騙你啊。」

趙凱說：「好了，我有自己的判斷，不用你來提醒我。」

傅華也心知趙凱這個人很精明，很有自己的主見，不是那麼好糊弄的，便笑著說：「小婷，叔叔心裡有數的。」

趙凱揮了揮手，說：「跟你們說了半天，我也有點累了，你們去休息吧。」

傅華就和趙婷出了書房，趙婷看看傅華，說：「你今晚真的要留下來？」

傅華笑說：「叔叔都同意了，你怕什麼？」

「我爸媽在家，總有點怪怪的。好啦，不管了。」說著，趙婷便拖著傅華進了臥室，兩人小別了幾日，思念更勝，很快就膩到了一起。

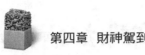

隔幾天，傅華和趙婷就去辦了結婚登記，雖然兩人還沒舉行婚禮，可也是合法的夫妻了，傅華也名正言順的住進了趙凱家裏。

徐正回到了海川，這一次雖然跟融宏集團的後續投資談判正式啓動了，可是並不順利，郭奎的親自出馬，爲陳徹增加了要價的砝碼，這個老謀深算的商人提出了更多新的要求，而徐正卻沒什麼還價的餘地，他的底牌已經被看穿，他沒有辦法拒絕融宏集團的要求。

徐正感受到了一種挫敗，他甚至認爲，他求見陳徹被拒絕，是陳徹和傅華聯手布下的局，好逼他向郭奎求助，從而爲融宏集團增加要價的本錢。

這不是不可能，現在的商人爲了獲得更多的利益，往往無所不用其極，什麼手段都使得出來。而現在的很多官員，什麼都可以出賣，包括他們的良心。

如果換做是別的屬下，徐正一定會想盡辦法對他加以懲罰，起碼也要把他從駐京辦主任位置上換掉。偏偏這個人是傅華，一個剛剛想要辭職卻被市委書記親自挽留的幹部，徐正不能拿傅華並不十分在乎的東西來威脅他。

而且這一次在廣州，郭奎親自喊傅華到他身邊吃飯，顯見郭奎很賞識傅華，徐正更有點不敢拿傅華怎麼樣了。

可是，這口氣出不來，徐正心裏總是不很舒服，有一種被算計了的感覺。他很想遷怒傅華在海川的朋友，可是那些跟傅華來往的朋友，像丁江之流的，都是在海川地面上很吃得開的人物，在海川的人脈資源盤根錯節，徐正初來乍到，並沒有底氣敢招惹他們，他只能把這口氣壓在心裏。

雖然徐正心懷不滿，時光還是在照常流逝著。

這天，在工地上忙碌的傅華接到了章旻的電話。這段時間，章旻因爲海川大廈和海川的酒店項目進展很順利，並沒有待在北京，而在順達酒店管理公司的總部坐鎮。

傅華笑說：「章董有什麼指示嗎？」

章旻問：「你現在這麼春風得意，結婚的日子決定了嗎？」

「決定了，我岳父找人選定了下個月的七號，到時候可要過來喝杯喜酒啊。」

「那是當然，你不請我也是要去的。誒，傅華，你跟海川主管城建的李濤副市長關係如何啊？」

傅華說：「李副市長這人不錯，我跟他關係尚可，你有什麼事情要找他嗎？」

「我們順達酒店在海川的項目出了點小麻煩，你知道，我們是跟海川市駐在地的區政府簽訂的土地使用權轉讓合同，辦理了相關權證，可是區政府沒有在海川市國土局及時備案，海川市國土局認爲我們的土地使用權轉讓合同無效，要取消我們的土地權證，將那塊地重新拿出來掛牌出讓。」

「這怎麼可以啊？這本來是政府的問題，怎麼能讓你們公司承擔後果呢？」

章旻說：「對啊，我們公司在海川的負責人和區政府的領導一起找過海川國土局，可是他們堅持我們超過了備案時間，這塊地必須拿出來出讓。如果曲煒市長在的話，他就會幫我們處理了，現在海川市這邊我就跟你熟悉，你是不是可以幫我跟李濤副市長協調一下？」

「可以啊，這件事情錯不在你，我想國土局應該可以通融吧。你等一下，我跟李濤市長通報一下，看他如何答覆，再給你回話吧。」

「你幫我說說好話，這塊地的土地出讓金我們已經付了，拆遷也進行了大半，這個時候再讓我們退出，我們的損失很大。」

「我盡力爭取吧。」

傅華就打了電話給李濤的秘書，說有急事找李濤。

李濤接通了，笑著問：「傅華啊，這麼急找我什麼事啊？」

傅華就講了順達公司土地使用權轉讓出現問題的情況，想要李濤幫忙協調一下。

李濤知道順達酒店這個案子，當時曲煒跟順達公司的章旻走得很近，他說：「你等我瞭解一下情況再說吧。」

「李副市長，這件事情關鍵違規的不是企業，他們都按照規定去辦了，我們不能因爲政府的失誤而讓企業承擔責任，否則日後誰還敢到我們海川來投資啊。」

「我明白，讓我查一下情況再說吧。」

李濤就打了電話給國土局局長周然，問順達土地使用權的情況。

周然說：「李副市長，這有專門的規定，我們局也是依法辦事。」

李濤笑了笑說：「周局長，規定是死的，人是活的，這也不是順達酒店故意違規，你們就是要罰，也應該罰因爲疏失沒有備案的有關部門，至於順達酒店，他們是外來客商，你們堅持說他們的土地使用權合約不合法，取消他們的使用權證，他們會怎麼看待我們的政府部門啊？怕是對我們海川整體形象有很大的損害吧？」

周然說：「我們也是依法辦事，可能有點不近人情，但法律就這麼規定，我們只有執行的分。」

周然這麼堅守原則，很出乎李濤的意料之外，印象中，這種枝節上的瑕疵是能夠通融的，他有些不高興地說：「周局長，難道就不能有一點機動性嗎？」

周然聽出了李濤的不高興，說：「李副市長，這件事情我很難辦，不是我要查這件事情的，我也不想讓下面的有關部門難堪，但是有人特別關注過這件事情。」

李濤愣了一下，便問道：「誰關注這件事情？」

周然說：「前天徐市長到我們局裏座談，不知怎麼的就問起了順達酒店的情況，得知酒店的土地使用權證還沒在市裏面備案，就要求我們依法辦事。你說我能怎麼辦？」

「原來是徐市長這麼要求的，那好吧，你們就按照規定辦吧。」

徐正決定的事情，李濤這個副市長自然無權干涉，尤其是徐正新到任不久，正是需要樹立權威的時候，李濤並不想干涉這件事情，從而讓徐正誤會自己要挑戰他的權威。

李濤隨即把情況告知了傅華，說是徐正決定的事情，自己沒辦法幫他解決。傅華趕忙打了電話給章旻，他以爲是順達公司做了什麼觸犯徐正的事情了。

章旻聽完，想了想說：「我們跟徐正根本就沒搭過腔啊，怎麼可能惹到他？」

傅華說：「那我就不知道什麼原因了。」

章旻說：「要不你幫我們跟徐正溝通一下，我們順達集團總是你引進海川的，就算多少罰一點款，我們也可以接受。」

傅華有點爲難，他明白自己目前是不受徐正待見的，便說：「我最近有點事情惹到了徐正，怕說了效果適得其反。」

章旻說：「你先試試吧，我目前在海川也只能找你一個人了。」

傅華也覺得自己有義務幫助章旻，畢竟章旻是自己海川大廈的合建方，對海川大廈的建設提供了很多的幫助。

傅華就找到了徐正，說了章旻找他，想解決土地使用權證的事情。徐正很冷淡的說：「這件事情我知道。」

傅華小心地說道：「徐市長，他們可能在工作方面有所疏失，但他們也算是我們海川市政府的合作者，在海川建酒店也是看好海川未來的發展，您看這一次是不是就算了？」

徐正火了，說：「什麼叫這一次就算了，你拿國家的法律和政策當什麼？兒戲嗎？」

傅華趕忙解釋說：「不是，這一次他們只是疏失，並不存在從中牟取不當利益的問題。」

徐正說：「你怎麼知道沒有牟取不當利益？你替他們著得什麼急？是不是你在其中有什麼利益啊？我告訴你，我最討厭那種跟社會上的商人不法勾結，私下收取利益的那種官員，如果讓我查到了，我一定嚴懲不貸。」

傅華被說得不知道該如何解釋了，他有一種感覺，這一次的事件也許矛頭不在順達酒店，而是針對自己。

傅華定了定神，說：「徐市長，我不知道您這麼說究竟是什麼意思，我只是覺得這件事順達酒店是無辜的，至於我個人，我敢保證，沒有一點不正當的利益在其中。」

「最好是這樣。」徐正說完就掛了電話。傅華心中越發堅信這次徐正是因爲自己而遷怒於章旻的。

章旻聽完傅華說的情況，想了想說：「徐正這麼小肚雞腸，看這個樣子，要想在海川解決這個問題怕是不太可能了。」

傅華問道：「你想做什麼？」

「我要親自到東海省裏面想想辦法。」

「你要去找曲市長嗎？」

章旻說：「找他大概沒什麼用處，你跟他是一條線上的，徐正不買你的面子，自然也不會買他的面子。我想去找呂紀副省長，他之前在我們那裏工作過，我來海川後，曾經去拜訪過他，他說有什麼事情可以找他。後來因爲曲市長很幫我，這段關係就沒用得上，現在是用到的時候了。」

呂紀是東海省常務副省長，找他或許能解決問題，傅華說：「好的，有什麼情況跟我說一聲。」

章旻去了東海省省政府。他先去拜訪了曲煒，曲煒見了章旻，很是高興，迎上前去緊緊握住了章旻的手，心中百感交集。

章旻能夠體諒曲煒的心情，一個年富力強正想做點事情的人，突然被扔進一堆雜七雜八的日常事務中，壯志一天天被消磨，難免有英雄遲暮的感覺。這也是一個做官人的悲哀。

章旻問：「曲市長，你這一向還好嗎？」

曲煒點了點頭，說：「我就這個樣子了，坐坐。」

兩人到沙發坐下，曲煒笑著問：「章董這次到省裏來有什麼事情嗎？」

「順達酒店在海川出了點小麻煩，我到省裏來，想找一下呂紀副省長，順便來看看您。」章旻說。

曲煒嘆了一口氣，說：「不好意思，我走得太過匆忙，沒顧得上處理好你們公司的事情。」

章旻笑笑說：「曲市長就不必想那麼多了，那時候您自顧尚且不暇，又哪裡顧得上我們，大家都是朋友，不必這麼客氣。」

曲煒說：「究竟是什麼事情啊？」

章旻說了事情的經過，曲煒說：「這還是得找呂副省長，徐正這個人不好打交道的。」

章旻說：「我知道，呂副省長在嗎？」

曲煒說：「在，你稍等一下，他現在有客人，一會兒我帶你過去。」

兩人就又閒聊了一會兒，章旻發現曲煒蒼老了很多，說話也沒有當初的銳利和敏捷，看來他已經適應了這裡舒適的環境，身上的稜角慢慢的被淹沒掉了。章旻心中暗自惋惜。

## 第五章

# 踢到鐵板

徐正愣住了，他原本找順達酒店的麻煩，
是考慮到順達酒店原來是曲煒一手扶持的，
似乎在海川並沒有什麼根基，沒想到這順達酒店並沒那麼簡單，
背後竟然有常務副省長呂紀，他有點踢到了鐵板的感覺。

坐了一會兒，呂紀的客人離開了，曲煒領著章旻去了呂紀的辦公室。

呂紀看到章旻，笑著說：「小章啊，什麼時間到省裏來的？」

章旻笑笑說：「剛來，看您有客人，就在曲副秘書長那裏坐了一下。」

曲煒出去了，呂紀笑笑說：「你這個傢伙，上次露了個頭就再沒了蹤影。」

呂紀跟章旻家族關係是很不錯的，尤其是跟比章旻長一輩的親屬交集較多，這也是章旻不很願意跟呂紀打交道的一個原因，他已經闖出了自己的一番天地，不想再有一個老資格的人在一旁指手畫腳，偏偏呂紀說話老是拿出一副老氣橫秋的姿態來。

章旻笑笑說：「我知道您忙，所以沒什麼事也不敢來打攪您。」

呂紀笑了，說：「這麼說你是有事了？」

章旻說：「對，我在海川遇到了一點麻煩，自己解決不了，只好向您求助了。」

章旻就講了事情的經過，呂紀疑惑地說：「這徐正是怎麼了，到處都在招商引資，他這麼做不是把客商往外趕嗎？你等一下，我打個電話給他。」

呂紀撥了電話給徐正。

「徐市長，有個情況需要向你瞭解一下。」

徐正知道呂紀在南、北方都擔任過要職，有人私下說，他很可能是下一任省長，這樣一個官運正處在上升的的人物，他可是不敢得罪，便說：

「呂副省長，您需要瞭解什麼？」

「是這樣，一個商界的朋友向我反映，說他們在你們那裡徵收了一塊地，要開發建酒店，他說他履行了一切政府要求他辦理的手續，卻突然要被取消土地使用權，他搞不明白是爲什麼。據你們國土局說，是因爲下級的有關部門沒有及時備案。我有些奇怪，這不是你們政府部門內部的問題嗎？」

徐正愣住了，他原本找順達酒店的麻煩，是考慮到順達酒店原來是曲煒一手扶持的，似乎在海川並沒有什麼根基，曲煒既然離開了，他們自然就沒了依靠，稍稍懲戒一下他們，既可以給自己出口氣，也沒有被報復回來的後患。沒想到這順達酒店並沒那麼簡單，背後竟然有常務副省長呂紀，他有點踢到了鐵板的感覺。

徐正不敢正面應對，陪笑著說：「不好意思，呂副省長，我不太清楚具體的情況。」

呂紀笑笑，他是想解決問題，並不想跟徐正叫板，便說：

「偌大的海川市要你事事都清楚也不太可能，我就是向你反映一下這個情況，真實與否，我也不是很清楚，主要是因爲我這個朋友跑來向我訴苦，說你們海川市的投資環境十分惡劣，他們想要撤資。說實話，我被說得很不好意思，我這個副省長這些年一直在致力改善我們東海省的投資環境，現在身邊的朋友說我們東海的投資環境惡劣，說明我這個副省長做得很不稱職啊。你去查一下，如果確實是我們政府的問題，就糾正一下；如果他們是依法辦事，就麻煩你跟我這個朋友解釋清楚，別讓他誤會我們欺負外來的投資商。」

徐正慌忙說：「呂副省長，這可能是基層有關部門相互之間有所衝突或者誤會，與您沒什麼關係，就是有責任，也應該是我的責任。我馬上調查，查出問題一定嚴肅處理，確保給您一個滿意的答覆。」

呂紀笑笑說：「我也覺得可能是下面部門有些誤會造成的，就安撫住了我的朋友，回頭我讓他親自去拜訪你，把情況向你反映一下。我覺得是一個小問題，你依法幫他解決了就是了。我可提醒你，我這個朋友的家族生意做得很大，在南方是很有影響力的，千萬不要給他留下不好的印象，那影響的可能不止你們海川，還包括東海省整體的形象。」

「是，我一定會謹慎處理這件事情，確保讓這個客商滿意的留在海川發展。」

呂紀掛了電話，章旻衝呂紀豎起了大拇指，說：「您真高，幾句話就把問題解決了，看來我要跟您學習的地方還很多。」

呂紀笑說：「別拍馬屁了，回頭你去海川市見見徐正，我想他會給你一個滿意的交代的。當然，你也不要因為我出面了就盛氣凌人，你如果還想在海川發展，跟徐正把關係處理好是必須的。」

呂紀說得很有道理，一個企業要想不被地方上找麻煩，是不能把希望寄託在某一個個人身上的，曲煒就是一個很好的例子，曲煒一離開海川，順達酒店就出現了麻煩。酒店必須建在海川的土地上，無法搬走，只有跟海川每一任的主政者搞好關係，才能順利的發展。

章旻說：「我明白，我這就去海川。」

徐正在辦公室見到章旻時，立即快步走上前去握住了章旻的手，說：

「不好意思，不好意思，章董，因爲我們底下一些人沒搞清楚狀況，給貴公司造成了一些不必要的麻煩。我已經查明了事情的真相，命令國土局把你們公司的土地使用權備案給補上，你們的土地使用權證還是有效的。」

章旻心說沒搞清楚狀況的是你吧，你以爲我們順達酒店是軟柿子，想捏就捏啊，你也不想想我如果不是強龍，怎麼敢過江呢？但章旻不想跟徐正把關係搞僵，便笑笑說：

「謝謝徐市長啦，呂副省長跟我說徐市長您做事幹練，雷厲風行，今天一見，果然是這樣啊。我原本以爲這件事情很麻煩呢，沒想到徐市長這麼快就解決了。謝謝。」

徐正笑笑說：「呂副省長謬讚了，說來徐某主政海川，沒有約束好下屬，給貴公司造成這麼大麻煩，我也是有責任的。」

章旻笑著說：「徐市長真是嚴於律己啊，現在漫天的雲霧都散了，海川市由您主政，我對投資更有信心了。」

兩人就到沙發那坐下，劉超送了茶進來，徐正示意章旻喝茶，一面漫不經心的問道：「章董，你是怎麼認識呂副省長的？」

章旻心說你想摸我的底啊，那我就告訴你。便笑笑說：「呂副省長曾經在我們那個市做過幾年市長，那時候他就對我家的企業十分支持。他是一位有能力、懂經濟又有戰略眼光的好領導，對我們家族幫助很大。」

看來章旻家族跟呂紀有著很深的淵源，徐正心中暗自慶幸自己並沒有做出什麼不可挽回的事情，否則交惡於呂紀，怕對自己未來的仕途不會有好處的。

徐正立即說：「是，是，呂副省長一到東海省來，東海省的經濟工作就上了一個新的臺階，確實是一位很有能力的領導。」

兩人都在示好對方，因此聊得很開心，不覺就到了中午，徐正說：「章董，我來海川還沒有機會跟你坐在一起吃頓飯，今天賞個臉，一起吃頓便飯吧？」

章旻笑了，說：「徐市長，您這是搶了我的臺詞啊，我也正想這麼說呢。」

徐正笑笑說：「我是地主，今天應該我來請，下次，下次有機會你來安排。」

「既然徐市長這麼說了，那我就叨擾您一頓吧。」

一行人就去了海川大酒店。

坐定之後，徐正笑著說：「章董，今天見到你，我真是有點英雄出少年的感覺，我在你這個年紀，還是什麼都不懂的傻小子呢。」

章旻笑說：「我這是家族餘蔭而已，不值一提。您如果當我是朋友，就不要叫我章董了，叫我一聲章老弟就可以啦。」

徐正說：「好，我忝在年長幾歲，就叫你一聲老弟。」

兩人就開始稱兄道弟起來，酒桌上的氣氛越發親熱起來。

酒酣耳熱之際，章旻說：「劉秘書，我有件事情要跟徐大哥單獨講一下，你先回避回避好不好？」

劉超看了徐正一眼，徐正點了點頭，劉超就出了雅座。

章旻拿起了自己的手包，從中拿了一張金卡推到徐正面前。徐正臉色嚴肅了起來，說：「老弟，你這是幹什麼？」

章旻笑說：「大哥，兄弟是想拜託你一件事情。」

徐正乾笑了一下，說：「有事說事，不要弄這個嘛。」

「你先聽我說完。是這樣，您也知道我們順達酒店管理公司的重心不在海川，我不能時時都在這邊，所以對海川的業務難免有照顧不過來的時候，就想勞煩大哥多關照一下，這個嘛，是我的一點心意。」

徐正往外推著金卡，說：「老弟，幫忙照顧可以，只是這個嘛，就請收回吧。」

「只是一點心意，您如果推辭，就是拿我這個老弟不當朋友啦。」

徐正還想推辭，章旻拿起金卡，幫他塞到了口袋裏，徐正就不再惺惺作態，收下了。

「這就對了，其實我需要大哥關照的地方很多，我和傅華建的海川大廈也是你的管轄之下，前段時間，傅華還跟我說起落成之後想要請您過去給我們的海川大廈剪綵呢。」

徐正此時明白章旻有爲自己和傅華緩和關係的意思，他也知道，除非他強要撤掉傅華，否則他還真是沒招對傅華怎麼樣，還不如趁著章旻給了臺階趕緊下，便笑笑說：「老弟既然開口了，這個綵我剪定了。」

章旻笑著說：「那我先謝謝了。」

搞定徐正之後，章旻離開海川，回到順達集團總部去了，臨行前，他打電話給傅華，講了順達集團的麻煩已經解決了。

傅華很高興，說：「還是你有辦法，我這幾天都在想這件事情，很抱歉，我給你造成了這麼大的麻煩，卻不能幫你解決問題。」

章旻笑說：「問題不在你，問題在於我們遇到了小人。」

傅華問：「你是怎麼搞定的？」

章旻不屑的說：「越是小人越是好搞定，所謂君子喻於義，小人喻於利，義很難做到，利卻是伸手可得，這種傢伙太好搞定了。」

傅華乾笑了一下，他馬上就明白章旻究竟做了什麼。

章旻接著說道：「我還跟他說，回頭海川大廈落成時要邀請他剪綵，他答應了，大概今後不會再找你什麼麻煩了，你也對他客氣點，他是你的頂頭上司，關係處理好一點，大家都好過。」

傅華苦笑了一下，說：「我自然不想跟他把關係鬧僵。」

「好啦，我們下個月你的婚禮上見吧。」

經過孫永運作，正式在常委會上表決通過由市委副秘書長許朝任海西縣縣委書記，接任到了年紀的顏鳳，同時通過的，還有原來曲煒的秘書余波出任海西縣副縣長的任命。

孫永在常委會上充分肯定了余波的能力，說這樣一個碩士研究生，是一個難得的人才，我們要給他一個充分展示才能的舞臺。原本曲煒一方的人沒想到孫永會這麼支持曲煒的前秘書，他們自然沒有理由反對，這一任命竟然全票通過了，達到了海川常委會歷史上罕見的一致。

徐正在這兩樁人事決議案中也都投了贊成票，雖然他並不瞭解許朝和余波這兩個人，可他新接任代市長，正需要廣交人脈，以便將來好去掉頭上的代字，自然不好強逆眾議去反對。

晚上，孫永應酬完回到家中，老婆過來接下了他的公事包，說：「小余來了，等你好長時間了。」

孫永沒反應過來，問：「哪個小余啊？」

老婆笑笑說：「就是原來跟曲煒的那個小余，他說來謝謝你對他的支持。」

孫永心說這傢伙消息倒很靈通，常委會剛通過人事案，他就跑來了。

這時余波從客廳走了過來，滿臉陪笑的說：「孫書記回來了。」

孫永面無表情的點了點頭，說：「過來坐吧。」

余波跟著孫永到客廳坐了下來。孫永說：「我今天在常委會上可是把你說得跟花一樣，你去了海西，要配合好許朝同志的工作，做出點成績給大家看看。」

余波說：「我一定會努力，不辜負孫書記對我的期望。」

孫永說：「你知道這一點就好。好啦，很晚了，我要休息了。」

余波說：「那孫書記您休息，我就不打攪了。」

孫永的老婆就將余波送出了門，余波走後，孫永問老婆：「這傢伙就空手來？」

老婆笑著說：「當然沒有，他拿了一個大信封過來，我剛才點了一下，有六萬塊呢。」

孫永哼了一聲，說：「算這傢伙懂事。」

老婆走開了，孫永疲憊的靠在沙發上，他的心情並不輕鬆，余波的事算是解決掉了，可是王妍的那件事還頭疼著呢。

自從上次跟徐正提了一下海濱大道中段的土地開發之後，徐正就沒再提起過這個事情，幾次想跟徐正坐下來好好談談這件事，可是徐正這傢伙這些日子一會兒北京一會兒廣州的，一直抓不到人，弄得自己沒有機會跟他細談。可是王妍已經等得不耐煩了，幾次打電話來催辦這件事情，讓孫永實在很頭大。

再是這件事情背後還有一個漂亮的女人吳雯在，自從那次孫永單獨約見她之後，她再也不露頭了，弄得他抓不著摸不著的，只能乾著急沒辦法。

這個局要怎麼解開呢，重點是自己還收了王妍的錢，如果沒個交代，怕就連王妍都不會放過他。孫永有一個頭兩個大的感覺，他覺得這件事情已經沒辦法拖下去了，必須趕緊跟徐正溝通一下，想辦法儘快解決掉。

第二天的書記碰頭會開過之後，孫永讓徐正留一下。

「老徐啊，我上次跟你說的那塊地的事，你們市政府研究過了沒有啊？」

徐正還真就這件事情跟李濤探討過，他並不知道海濱大道中段那塊地的具體情形。李濤就講了那塊地段的優美風景和保留下來對海川市民的重要性，當初建海濱大道之時，海川社會上就有一個共識，不要隨意在海濱大道周邊亂建一些建築物，破壞海濱大道的整體和諧。

李濤特別點出了如果拿出來開發成別墅，一定會引起海川廣大市民的反感的。

徐正聽進了心裏，尤其是引起海川市民反感這一點，他一個立足未穩的代市長，還不具備這種底氣，敢逆民意而上。

徐正本來就是一個多疑的人，此時更覺得孫永這個時候提出要開發這塊地，似乎有要陷害他之嫌，如果他提出來要開發這個地塊，很可能成爲海川市民的公敵。

現在已經不是以往封閉的時代，民意不可輕視，尤其是網路這個新興媒體這麼發達，不是隨便就可掌控的，怕是到時候網上的反對聲會鋪天蓋地，這可不是他一個代市長可以承受的。他目前只想多做幾件讓海川百姓高興的事，好順利轉正。

加上他知道原本孫永向省裏面推薦的市長人選是秦屯，他很懷疑孫永對自己接替曲煒心懷不滿，想設法擠走自己，讓秦屯取而代之。因此徐正在跟李濤討論之後，決定對孫永的要求放到一邊，也不說好，也不說不好，只是不表態，讓孫永自己知難而退。

沒想到沉寂了一段時間之後，孫永還是沒有忘記這件事情，又主動問了起來。

徐正見無法逃避，笑笑說：「孫書記，那個地段實在不合適開發別墅，你看是不是勸你朋友另選別的地方，我們市政府一定會儘量給他優惠的。」

孫永心中大約猜測到了會是這樣一個答案，可還是有些不甘心，便說：「可是我的朋友偏偏看中了這個地方，你們能不能想想辦法。」

徐正沒想到孫永會這麼堅持，這有點令人反感，尤其他本就是一個強勢人物，並不喜歡孫永插手屬於他管轄的範圍，他不想讓孫永以為可以幫他做主，便嚴肅了起來，說：「對不起，孫書記，這塊地絕對不行。」

孫永被直截了當的拒絕，心中十分的惱火，可是他並不能真的拿徐正怎麼樣，便說：「行啊，徐市長，你行。」便站了起來，走出了小會議室，狠狠地把門摔上了。

徐正冷笑了一聲，收拾起自己的東西，也離開了小會議室。

孫永回到自己的辦公室，馮舜跟著走了進來，說：「海益酒店的王妍找您。」

孫永剛才沒發洩出去的怒火，此刻再也難以控制住了，他將手中的筆記本狠狠的摔到桌子上，叫道：「她煩不煩啊，我這個市委書記是給她幹的嗎？這個臭娘們成天就知道催催催，催個鬼啊！」

馮舜在一旁不敢言語，等著孫永罵完，這才說：「那我告訴她，您忙，沒時間跟她通話。」

孫永沒說什麼，馮舜就出去了。

馮舜出去後，孫永頹然坐了下來，他心裏明白自己已經沒辦法達成王妍的委託了，要退錢給王妍他又不甘心，那可是數目不小的一筆錢，退回去會心疼的。

想來想去，他忽然心中起了一個很卑鄙的想法，這個想法卑鄙的程度連他自己都覺得過分，可是他覺得這是目前應對王妍的最好的辦法。

孫永決定不承認拿過王妍的錢，反正當時在雅座裏只有他和王妍兩個人，他如果硬是不承認，相信王妍也沒證據說送了錢給他，甚至他還可以推說那天他並沒有見過王妍。

孫永臉上泛起了邪惡的笑，他相信如果拿不出確實的證據，沒有人會相信王妍這個前市長的情婦的。王妍吶，你別怪我心狠，我這也是沒辦法的辦法，你送我的錢，就算是我幫你打倒曲煒的報酬了。

馮舜說孫永忙，不能跟她通話，王妍剛開始還沒覺得怎麼樣，可後來連續幾天馮舜都這麼答覆她，她便有些回過味來了，孫永這是在躲她啊。

孫永不接她的電話，只有一種可能，那就是拿地的事情沒辦法辦成了。

王妍有些慌了，她倒不害怕孫永不退錢給她，她手頭握著孫永的把柄呢。她害怕的是吳雯，她已經把吳雯的錢花得差不多了，就算孫永拿的錢退回來，她也不可能把吳雯的錢全部退回去了。

再有一件令王妍擔心的事情，是她將孫永收錢的錄影帶放給吳雯看的時候，應吳雯的要求，也拷貝了一份給吳雯，吳雯當時說是要給她的合夥人看，她現在有點怕吳雯等不及了將錄影帶公開出來，到時候不單孫永完蛋，自己也要跟著完蛋。

王妍有點進退兩難了，她急於想要找出一個能夠脫身的辦法。

身在北京的吳雯忽然接到了王妍的電話，說孫書記已經把事情跟國土局的有關部門交代好了，要吳雯馬上趕回海川去，國土局要跟她簽訂土地轉讓合同。

吳雯不敢置信地說：「真的假的？」

王妍說：「什麼真的假的，當然是真的。」

吳雯說：「我還以爲這件事情沒希望了呢。」

王妍說：「我既然已經答應了你，肯定就會辦成的，你趕緊回來，帶著人跟國土局一起丈量一下土地。」

吳雯說：「好，我馬上就趕回海川。」

吳雯趕回了海川，王妍帶了兩名穿著國土局制服的人，跟吳雯找來的專業人士一起裏裏外外把海濱大道中段的土地量了一個遍。量完之後，王妍拿出一份國土局已經蓋好章的土地使用權合同給吳雯，讓吳雯簽名。

吳雯滿心歡喜，在合同上蓋了海雯置業的章。

王妍見吳雯蓋好了章，笑著說：「吳總，事情已經辦了決定性的一步，你是不是可以再匯點錢給我？」

吳雯愣了一下，她總感覺這件事情有點不太真實，便笑笑說：「王姐，你放心，我們之間不是有合同在嗎？只要你辦好了，我一定會按照約定，付給你剩下的五百萬的。」

王妍苦笑了一下，說：「就不能先付一點嗎？你知道我爲了這件事已經墊付了不少錢了。」

吳雯笑笑說：「反正早晚我都會給你，你就先墊著吧。等我見到了土地使用權證，馬上就付給你。」

王妍就要把合同收走，吳雯說：「王姐，你怎麼把合同拿走啊？」

王妍笑說：「這要拿回國土局去辦手續的。」

「要辦手續也不能全部收走啊，應該給我留一份吧？」

「國土局是這麼要求的。」王妍強調。

兩名穿著國土局制服的人也說：「對呀，吳總，按照局裏的規定是要先收回去的，等土地使用權證批下來，合同還會給你一份的。」

吳雯看了看王妍，說：「起碼你們也該給我一個憑證吧，要不複印一份給我？」

王妍只好讓吳雯去複印了一份，然後說：「吳總，你回去等著吧，土地使用權證一批下來，你把錢準備好，手續下來之後，肯定是要先付轉讓金的。」

吳雯笑笑說：「王姐的錢我也會準備好的，你就放心吧。」

吳雯就回了北京，等著土地使用權手續批下來的那一天。

不覺到了傅華結婚的前一天，晚上吃過晚飯之後，趙凱來到笙篁雅舍。傅華已經住了進來，明天他將從這裏出發去迎娶趙婷。

趙凱四處看了看，確保屋裏沒什麼不妥當的了，就坐到沙發那裏，傅華跟著坐到了旁邊。

趙凱笑笑說：「傅華，現在心情怎麼樣啊？」

傅華說：「說不清楚，一種既興奮又惶恐的感覺。」

趙凱點了點頭，「若干年前我迎娶趙婷媽媽的時候，也是這樣一種心情。明天小婷就交給你了，日後你要負責起她的一切了。」

傅華笑笑說：「叔叔放心，我會全心全意對小婷好的，一定不會辜負她。」

趙凱說：「這一點我相信你。」

兩人相視一笑。兩個並無血緣關係的男人因為深愛著同一個女人，相互之間就有了一種濃濃的親情。

趙凱拿出了一塊翠綠的翡翠玉菩薩，遞給了傅華，說：「這個你掛上。」

玉菩薩綠意欲滴，一看就是上等的翡翠雕成的，傅華接了過來，說：「謝謝叔叔啦，不過我一向不喜歡戴首飾，我先收著吧。」

趙凱搖了搖頭，說：「不行，你馬上戴起來，而且不許拿下來。」

傅華愣了一下，趙凱雖然即將成為他的泰山大人，可是從來還沒有用這種強硬的口吻命令他做什麼。

看傅華發愣，趙凱說：「我是爲你好，你就戴上吧。」

傅華不好違逆趙凱的意思，將翡翠菩薩戴到了脖子上。

趙凱幫他整理了一下，然後說：「記住啊，一定不能拿下來。」

傅華點了點頭，說：「好的，我以後就貼身帶著它。」

趙凱拍了拍傅華的肩膀，說：「你以後就是我們家的一員了，有些時候想想還真是有意思，你還記得在會所第一次見到我的情形嗎？」

傅華笑了，說：「當然記得了。」

趙凱回憶說：「你那時候一副威武不能屈、富貴不能淫的樣子，現在想想還真是好笑。」

傅華臉紅了，說：「我那個時候確實是有點幼稚。」

「傅華啊，我欣賞你做事有原則，但有些時候，妥協是一種必須的結果，你在這點上是有欠缺的，也是我對你有些不放心的地方。就像上次辭職，你火氣一上來，辭職信就遞了上去，你考慮過各方面的因素嗎？你知道周圍有多少人是在圍繞著你做事，你當時考慮過他們的權益嗎？沒有吧？」

傅華點了點頭，說：「我那件事情處理的是有些欠考慮。」

趙凱語重心長的說：「這一點你要引以爲戒。結婚之後，你就是一個獨立的成人了，遇到事情多考慮考慮，要知道，你今後肩負的可是一個家庭，要照顧小婷，還要照顧將來的孩子。這些話本來應該是你父母交代你的，現在他們不在了，就由我來囑咐你。希望你好好努力，做一個好丈夫，未來更要做一個好父親，讓你的父母在另一個世界裡也可以放心。」

傅華用力的點了點頭。

趙凱再次拍了拍他的肩膀，說：「早點休息吧，明天有你累的。」

趙凱離開了，傅華坐在屋裏心潮起伏，他和趙婷去登記的時候，還沒覺得怎麼樣，此刻即將舉行婚禮了，心中竟然莫名的慌亂，婚禮讓他有一種神聖的感覺，心情久久不能平復。

第六章

# 事有蹊蹺

吳雯將合同的影本拿給傅華，傅華認真的看了看，
看不出什麼問題，就把合同放了下來。
吳雯一直盯著傅華，見他放下合同，便問：「你看出什麼不對了嗎？」
傅華搖了搖頭，「我看不出什麼來，反正這件事情有蹊蹺。」

第二天一早，駐京辦和婚禮公司的人就來了，雖然傅華是新郎，是今天的主角，可他感覺自己更像一個木偶，一舉一動都需要按照婚禮公司預定的程序去做。

在酒店裏，婚禮的主持人又將二人好一頓的擺佈，喝過交杯酒之後，兩人總算得到了一絲喘息的機會。

過了一會兒，趙凱夫婦就領著傅華趙婷去敬酒，客人來的很多，可以說是冠蓋雲集，除了駐京辦的工作人員和少數幾個傅華的同學和朋友，大多是趙凱生意上的夥伴和朋友。

在趙凱邀請的客人中，傅華見到了百合集團的高豐，他自曲煒調職之後，還是第一次見到高豐。敬酒之後，難免問起近況。

高豐笑說：「你們海川市堅持要保留對海通客車的控制權，談判就陷入了僵局，加上曲煒市長調職，新市長態度不明，併購談判就徹底停了下來。我還想等傅主任忙完了婚禮，幫我再探探你們新市長的意圖呢。」

傅華知道海通客車的狀況決不會允許海川市政府拖延太長時間的，便笑笑說：「你放心吧，海川市政府很快就會找您的。」

楊軍的父母也出席了，楊軍和郭靜則沒有被邀請，傅華想到竟會和郭靜成了親戚，心中有一絲滑稽的感覺。

好容易酒宴結束，應付完駐京辦同事和江偉等一票同學的鬧新房，傅華累得仰躺在床上，趙婷也累得一塌糊塗，躺在了傅華身邊，直說：「結婚真累啊！」

傅華伸手將趙婷攬到了懷裡，笑著說：「你以為把我這樣的帥哥占為己有，是一件容易的事嗎？」

趙婷捧起了傅華的臉，笑道：「既然是我的了，讓我好好疼你。」說完，狠狠地咬了傅華鼻子一下，傅華叫了一聲，作勢要去懲罰趙婷，趙婷笑著叫道：「你別忘了，你剛剛說你是我的了，不准亂動啊。」

傅華也沒有力氣跟趙婷鬧了，只是將趙婷抱緊了，狠狠地親了一下。趙婷掙扎著，無意中碰到了傅華戴著的翡翠菩薩，沒想到看上去繫得很結實的紅繩竟然斷了，翡翠菩薩掉了下來，摔到地上斷成了兩半。

傅華愣了一下，這是趙凱送他的禮物，沒想到就這麼毀了，趙婷見了，也有些心疼，說：「老公，對不起啊。」

傅華笑說：「碎碎平安，這是一個喜兆，只是這是爸爸送給我的，回頭你要和爸爸好好解釋一下了。」

趙婷撿起了翡翠菩薩，看了看說：「爸爸也真是，送你東西也送個結實點的，怎麼一掉到地上就碎了啊。」

「別去管它了，我真的很累了，睡吧。」

第二天，兩人醒來時已經是上午十點了。也不想吃早餐，便賴在床上隨意閒聊。快到中午時，傅華的手機響了起來，是吳雯打來的。

「傅主任，真不夠意思啊，結婚也不發張喜帖給我。」

吳雯長得太漂亮，無論在哪裡都是眾人矚目的焦點，她又從來沒見過趙婷，傅華沒邀請吳雯，是不想造成不必要的誤會。

傅華笑道：「吳總怎麼知道我結婚了？」

「通匯集團的女公子出嫁，驚動了京城多少名流，我想不知道都不行。恭喜你們了，新婚快樂。」吳雯笑說。

「謝謝了。你現在怎麼樣？那塊地的進展如何？」

「有眉目了，前幾天我去海川，跟國土局簽了土地使用權合同，現在就等著批准了。」

傅華愣了一下，他本是隨口一問，沒想到吳雯竟然真的將海濱大道那塊地拿了下來，他有點不相信的說：「真的嗎？」

吳雯笑著說：「當然是真的了，我們都跟國土局的人一起丈量過土地了。」

傅華說：「我還是不相信。」

「你們的市委書記都親自出馬了，在海川還有什麼辦不成的事情啊?好啦，我打電話就是想給你道一聲恭喜，不耽擱你們小倆口甜蜜了，再見了。」

傅華掛了電話，心中十分困惑，他始終覺得這件事不太可能。

趙婷此時已經起床，走過來說：「起床吧，懶蟲，我們再不回爸媽家去，中午沒飯吃了。」

兩人就收拾了一番，開車去趙凱家。

吃飯過程中，趙凱注意到傅華並沒有戴他送的翡翠菩薩，便問道：「傅華啊，我給你的翡翠菩薩呢?」

「在這裏呢，」趙婷拿出了已經斷成兩半的翡翠菩薩，說：「爸，你從哪兒買的翡翠啊，昨晚掉到地上就斷掉了。」

「怎麼會掉的?傅華沒戴在身上?」

傅華說：「我戴著呢，只是被小婷碰到了，紅繩斷了，就掉了下來。」

趙凱鬆了一口氣，說：「只要你當時戴著就好。」

趙婷笑笑說：「爸，你神神秘秘的，究竟是怎麼回事啊?」

趙凱說：「其實那塊玉不是我買的，是王大師送的，吩咐一定要傅華在結婚的當天佩戴著。」

趙婷問：「為什麼啊？」

趙凱說：「大師說，給你們選的結婚日子，什麼都好，就是對新郎會有一點小礙。」

趙婷聽到這裏，有點不高興了，說：「爸，你怎麼回事啊？成天就聽那個什麼大師瞎說八道的，既然對傅華有礙，那為什麼不換個日子？萬一傅華真有點什麼，你怎麼跟我交代啊？」

傅華笑著說：「好了，小婷，爸爸還沒說完呢。」

趙婷不滿的說：「你看他選的這個日子，如果你真有什麼，我心裏能好過嗎？」

傅華笑說：「爸爸必然有他的理由的，你聽他說完嘛。」

趙凱責備說：「小婷，你這麼急幹什麼，如果能避開，我是不會選這個日子的。王大師交代，說要傅華結婚當天必須佩戴他送的這塊翡翠，他說這塊翡翠可以幫傅華擋過災難。翡翠斷了，就是因為幫傅華擋過了這一災。你說換日子，大師說，要換日子，就需要等到一年之後才有好日子，你能等嗎？」

趙婷說：「你就聽他糊弄你吧，弄得緊張兮兮的，好像真的他算準了似的。」

趙凱嚴肅了起來，說：「你懂什麼？翡翠號稱硬玉，怎麼會從床上掉到地上就斷了呢？就算別的普通的玉，掉到地上也不可能隨便就斷掉，你就不想想其中是否還有別的緣故嗎？」

原本翡翠碎了，傅華覺得並沒有什麼，此刻被趙凱這麼一說，他還真的覺得有些蹊蹺。他也不想讓趙凱生氣，畢竟趙凱這一切都是爲了自己和趙婷好，便笑著對趙婷說：「好了小婷，別跟爸爸爭了，反正翡翠已經斷掉了，有災也擋了過去，萬事大吉了。」

趙婷說：「我討厭總是弄得神神秘秘的。」

趙凱說：「你這孩子，我這也是爲了你們好啊。」

傅華看趙婷還要說什麼，怕父女二人還要爭執，趕忙說：「爸爸，這一次怎麼沒請王大師來參加婚禮啊？」

趙凱笑說：「你以爲請大師那麼容易啊？這次他被一位副省長請走了，沒時間來參加婚禮。」

傅華笑笑說：「看來這位大師還真忙碌啊。」

話題就這麼錯開了。

王妍在吳雯面前演了一場戲，讓吳雯以爲自己已經幫她把地拿到了，暫時拖延了時間，可是危機並沒有解除，甚至反而變得更大了。她知道這樣下去很快就會露餡，接連幾天打電話找孫永，她知道目前這個狀況，只有孫永能救她出水火。

偏偏孫永已經交代馮舜，只要是王妍的電話一律不接，王妍從馮舜那裏得到的回覆總是孫書記很忙，在開會，不能接電話。

王妍有些惱火，可是她並不敢拿孫永怎麼樣，她現在給外面人的印象是孫永在支持她，她可以找孫永辦事，如果再像當初告曲煒那樣把孫永告了，那她在海川上生存的基礎就完全沒有了，只有灰溜溜離開海川一條路了。

問題是，這幾年王妍已經把手頭的錢折騰得差不多了，就算要離開海川，手頭也沒多少錢了，尤其是還欠著吳雯一百萬呢，她根本就還不起。

想來想去，王妍決定鋌而走險，既然已經走上了一條不歸路，那就索性走到底吧。

蜜月很快度完了，傅華開始上班。

一上班，他就接到了高豐的電話，高豐的意思是，現在很想恢復跟海川關於併購海通客車的談判，要傅華想辦法幫他試探一下海川市政府的意思。

傅華推辭不過，就打電話給李濤，講明了高豐想要恢復談判的意思，問市政府方面究竟是怎麼想的。

李濤說：「現在徐市長一門心思都在海川新機場和融宏集團第二期投資方面，暫且還顧不上海通客車，這件事情可能還需要緩一緩。」

「那好吧，我告訴百合方面先等等吧。」

「你告訴他們，東海省的君利集團目前也有意併購海通客車，我們市政府正在全面評估由哪一家併購更好，所以暫時無法繼續談判了。」

傅華很清楚君利集團的實力，這是一家相對於百合集團規模小很多的公司，如果說百合集團併購海通客車尚且吃力的話，那君利集團根本就沒這個併購實力。李濤這麼說，實際上是想擺出一副皇帝女不愁嫁的架勢，提高海川市政府的要價實力。

傅華覺得李濤和海川市政府有點小瞧高豐的商業智慧了，他覺得高豐既然要併購海通客車，必然會做多方面的評估，有沒有公司接盤海通客車，他們肯定很清楚，這點小伎倆肯定是瞞不過高豐的。

不過李濤既然這麼吩咐了，傅華自然不便質疑，便笑笑說：「好的，我會跟他說的。」

李濤想掛斷了，便說：「你還有別的事情嗎？沒事我掛電話了。」

傅華忽然想起吳雯說拿到地的事情，他始終覺得這件事情不太對勁，倒是可以跟李濤落實一下。

傅華問道：「李副市長，我剛聽到一個消息，海濱大道中段那塊地放出來了？」

李濤愣了一下，說：「沒有哇，你聽誰瞎說的？」

「是我在海川一個做生意的朋友說的，難道這消息是假的嗎？」

李濤很堅決的說：「絕對是假的，關於那塊地，前不久我和徐市長還討論過，徐正同志跟我有共識，絕對不能不顧海川廣大市民的感受將地拿來開發，我們要爲海川保留一塊優美的風景。」

見李濤說得這麼堅決，傅華知道這塊地是不可能放出來的，便說：「那可能是我朋友弄錯了。」

跟李濤談完，傅華感到困惑了，李濤說那塊地不可能拿出來開發，可是吳雯卻說她已經跟國土局簽了土地使用權轉讓合同，這其中一定有一個人搞錯了，或者被騙了。

李濤身爲常務副市長，又是主管城建方面的，這麼重要的土地要被放出來，他是不可能不知道的；而吳雯是一個精明透頂的女人，她弄錯的機率也不大，最大的可能是她被王妍給騙了。

傅華對王妍的印象很惡劣，這個女人爲了個人利益，竟不惜把情人拉下馬，實在很狠心，要說她可能爲了自身的利益欺騙吳雯，他是深信不疑的。

傅華立刻打電話給吳雯，說：「吳總，你在哪裡？」

吳雯接了電話：「你蜜月度完啦？」

「對，已經開始上班了，你現在在北京嗎？」

「在啊，有事嗎？」

「我們見個面吧。」

吳雯笑說：「你剛跟老婆度完蜜月就來跟我見面，不怕你老婆吃醋嗎？」

「好啦，別逗了，你上次跟我說你跟海川國土局已經簽了合同，你把合同拿給我看看。」

吳雯笑道：「你這個人就是疑神疑鬼的，怎麼，合同還能是假的？我跟你說，是兩名國土局的工作人員跟我當面簽的，不會假的。」

「我剛剛跟我們的常務副市長李濤通過電話，他說這塊地不可能放出來開發，他都不知道的事情，我想其中肯定有問題。」

吳雯愣了一下，旋即笑笑說：「也許是你們的市委書記部署的，這個李濤並不知情呢？」

「一聽就知道你不瞭解政府的運作流程，土地開發是政府的許可權範圍，常委副市長就是管這個的，他怎麼能不知情。」

吳雯有點相信了，「好吧，我們見個面，我把合同拿給你看看吧。」

兩人就約了一間咖啡屋，吳雯將合同的影本拿給傅華，傅華認真的看了看，看不出什麼問題，就把合同放了下來。

吳雯一直盯著傅華，見他放下合同，便問：「你看出什麼不對了嗎？」

傅華搖了搖頭，「我看不出什麼來，反正這件事情有蹊蹺。你們在什麼地方簽的這個合同？在國土局嗎？」

吳雯搖搖頭說：「不是，王妍拿來的合同是國土局已經蓋好章的，我們在外面簽的的。」

「這麼重要的合同應該在國土局裏簽訂才對，這一點令人懷疑。」

「也許這是孫永私下運作的，不怎麼見得了光，所以就偷著拿到外面來簽也不一定。」

「總是令人懷疑。對了，王妍跟你簽訂這份合同，可跟你要過什麼？」

吳雯說：「要過，她想要我再給她一部分錢，我拒絕了，說等全部手續辦好就會付清。」

「我覺得王妍可能是騙你的，這種土地轉讓合同完全是一種制式合同，隨便什麼人都可以搞到；至於國土局的公章，在街邊花幾個錢就有人幫你刻好，這份合同很難確定真假。」

「那怎麼辦？」

「目前還好辦，王妍並沒有騙你多少錢，一旦她要你將土地轉讓款付清，那可是一大筆錢，你一定要謹慎，到時候，你一定要到國土局核實一下才能付錢，明白嗎？」

吳雯點了點頭，說：「土地轉讓款是一筆數目很大的錢，我是應該找國土局核實的。謝謝你了，傅華。」

「客氣什麼，如果當初沒有你幫我，現在我也許已經不在這裏了。」

吳雯笑笑說：「那是你的運氣好，如果當時找不到騙你的人，我也是沒辦法的。」

「不管怎麼說，你是幫了我大忙的，我始終很感恩，不希望看到你出什麼差錯。」

吳雯苦笑了一下，說：「我對他們好的男人很多，可是他們幾乎都是轉過頭來就不認人啦。」

傅華說：「你有些偏激了。」

吳雯搖了搖頭，說：「我不是偏激，這個社會就是這個樣子。」

「其實，你既然累積了一些財富，爲什麼不乾脆找個人嫁了，洗手作羹湯算了？」

吳雯笑了，說：「我嫁給誰啊？你覺得我經歷過這麼多，還會有多少男人能讓我覺得可以依靠？」

傅華笑笑說：「這社會上好男人總是有的。」

「對，是有，你就是一個我能信得過、優秀的好男人，可是你能娶我嗎？」

傅華愣了愣，旋即笑著說：「我已經結婚了，你又不是不知道。」

「這麼說，你不結婚就可能要我嗎？」

傅華尷尬的笑了笑，他是知道吳雯底細的，讓他違心的說不在乎那些，一定會娶吳雯，他是說不出口的。

吳雯笑笑說：「好啦，你不用那麼爲難了，你這個傢伙就是這一點不好，連說幾句好話哄哄女孩子開心都不肯。」

傅華掩飾說：「其實不是那個原因，是你的美貌給我很大的壓力，你太美了，不是我這種人可以消受的。」

「說到這裏，我一直有個問題想問你，我們也算見過很多次了，你有沒有爲我的美麗心動過？」

傅華笑說：「說不心動是假的，但我一開始就明白一點，你的美不是我這種凡夫俗子可以企及的，可以遠觀，但是絕對不可能擁有。」

吳雯無奈地說：「其實，我只是一個普通的女人，我也期望有男人來疼我愛我，可是來親近我的男人，大都是垂涎我的美色，像你這種優秀用真心對待女孩子的男人，對我都是一副敬而遠之的樣子，我真不知道上天給我這副姣好的面貌是垂青我還是懲罰我。你說讓我嫁做人婦，我就算願意選一個男人嫁了，哪怕是一個最差勁的男人，可也得他願意娶我呀！」

傅華苦笑了一下，吳雯確實是太過於艷麗了，即使她穿上農婦的衣服，也難掩她的光芒，想找一個真心愛她而不貪圖她的美色的男人，幾乎是不可能的。這可能是另一種紅顏薄命的表現吧。

吳雯接著說：「更何況我已經享受慣了，已經習慣成爲人們關注的焦點，你讓我再重過平凡的日子，怕我也是不能接受的。這也是爲什麼我非要海濱大道那塊地的原因之一吧，我就是要知難而進，就是想讓海川人一下子就可以把目光聚焦到我身上。我雖然轉換了陣地，可我還是要成爲最受矚目的人。其實怎麼樣活都是一生，但我更希望我的人生絢爛多姿一點，我就是要活得精彩，活得快樂；至於回歸平淡，等我人老珠黃那一天吧，也許到那個時候，我會聽你的，洗盡鉛華，找一個老男人嫁掉，過著平淡的生活。」

傅華看著吳雯，心想吳雯的想法雖然有所偏執，但也不能說就是錯了。傅華覺得自己沒有吳雯豁達，人其實時時都在選擇，選擇沒有對錯，結果可能成功或者失敗，但有時候你從失敗中獲得的樂趣遠大於成功帶來的喜悅。這就是人生。

傅華說：「也許你說得對，好賴都是一生。」

吳雯很有感觸地說：「是啊，人生是沒有回頭路可走的。」

「不管怎麼樣，你還是謹慎一點吧。」

「我知道，我要走了，謝謝你傅華，除了父母，這世界上大概只有你是真心關心我的。」吳雯說著，伸手握了握傅華放在桌上的手，然後站了起來，離開了咖啡屋。

傅華看著這美麗的尤物婀娜的離開，心中有一絲惘然，好一會兒才回過神來，摸出了手機，打電話給高豐，把李濤的那套說法告訴了高豐。

高豐聽完，說：「看來海通客車成了香餑餑了，行啊，你告訴李副市長，什麼時間海川想要開始談判了，找我就好，他知道我的電話。」

傅華感覺李濤有弄巧成拙的可能，甚至這場併購有破局的可能，可他也沒辦法，便笑笑說：「好的，我會跟他說一聲的。」

這邊李濤聽完傅華轉述高豐的話，愣了一下，他可能也意識到事情並沒有向他想的方向發展，但也不能在傅華面前顯露出他的失敗，就說：「好吧，那就先這樣吧。」

一晃又過去了兩周，吳雯再次接到王妍的電話，說所有的批覆手續都已經辦下來了，要吳雯回海川，好辦理後續事宜。

王妍突然辦事這麼麻利，不免讓吳雯心生疑竇，王妍拖了那麼長時間，怎麼突然就變了風格了，加上傅華提醒過吳雯，她不免有所警覺。但不管怎麼樣，要先看到批覆的文件再說。

「那我馬上就趕回去。」

回到海川市，吳雯到海益酒店找到了王妍，王妍馬上就把相關文件拿給了吳雯，說：「你看看吧，這是關於海濱大道中段土地開發的所有文件，拿到這些文件，交了土地轉讓金，這塊地就是你的了。」

吳雯翻看著文件，從外表上，這些文件都是正規的紅頭文件，也有檔案編號，她看不出有什麼異常，無法表示懷疑，可是她也不敢就這麼相信。

吳雯打算先把文件接下，再找機會驗證一下，便笑說：「謝謝王姐了，沒想到事情會辦得這麼順利。」

王妍笑笑說：「我跟你說過了，孫永書記出面，海川的什麼事情辦不到？好了，這裏是海川國土局的帳號，你把合同約定的土地轉讓金匯過去，就可以拿著文件辦土地證了。」

吳雯盯著王妍看了看，王妍心慌了，臉不自覺地抽動了一下，乾笑著說：「我是希望這件事情早一點完成，我好拿到我的酬金。」

吳雯接過了帳號，說：「王姐你就放心吧，只要我辦好手續，答應你的酬勞一分都不會少的。」

「那你就儘快辦吧，趕緊把資金匯進國土局的帳號，大家就各得其所了。」

吳雯點了點頭，說：「那我回去馬上就安排。」

吳雯離開海益酒店，馬上就打電話給在北京的傅華。

「傅華，你要幫我一個忙了，你在國土局有熟人嗎？」

「有哇，你要做什麼？」

「我現在在海川，王妍給了我幾份文件，說是海濱大道中段的土地文件批覆下來了，要我付清土地轉讓金，好辦理土地使用權證。我想找人驗證一下這幾份文件的真偽。」

「好吧，我跟國土局的辦公室主任錢港關係不錯，我跟他說一下，你去找他吧。」

傅華幫吳雯聯繫了錢港，吳雯就帶著文件去了國土局辦公室。

錢港看了文件，馬上就說：「這些文件都是假的，你從哪裡弄來的？」

吳雯倒抽了一口涼氣，心想幸虧傅華一再提醒自己，否則如果真的相信王妍，把幾千萬匯進她給的帳戶，那這幾千萬的資金可能就會被王妍捲跑了。

吳雯說：「這是我的一個朋友幫我辦的。」

錢港說：「你被騙了，我們最近一段時間，根本沒研究過要將海濱大道中段土地出讓的事情，而且據我所知，也不會有這個出讓的意向。你朋友跟你要過錢吧？」

吳雯點了點頭，說：「是的，她說辦這件事情需要點費用。」

錢港說：「不用說了，他就是想騙你的錢，你趕緊想辦法找他把錢要回來吧。」

吳雯離開了國土局，便打電話給傅華，說：「傅華，真的被你說中了，我被騙了。下面要怎麼辦啊？」

「你確定嗎？」

「錢港已經確認那幾份文件是僞造的。」

「那沒別的辦法了，你趕緊到刑警隊報案吧，王妍這是詐騙。」

吳雯猶豫了，她意識到自己委託王妍辦這件事情本身就不一定合法，便說：「傅華，你說這裏面我會不會有什麼責任呢？」

「你別管那麼多了，先想辦法把錢拿回來再說吧。」

吳雯這時又想到了王妍拷貝給她的那捲錄影帶，這是一份秘密武器，可以以此爲籌碼，脅迫王妍和孫永把錢全部給吐出來，倒沒必要真的把王妍送進監獄裏去。

想到這裏，吳雯心神定了很多，便對傅華說：「好，我知道怎麼辦了。」

「那你趕緊去辦吧，別讓王妍跑掉了。」

「好，我知道了。」

吳雯掛了傅華的電話，卻並沒有去刑警隊，她又回到了海益酒店。

王妍見她這麼快就回來了，愣了一下，說：「你這麼快就把錢匯進帳戶了嗎？」

吳雯冷笑一聲，說：「王姐，我如果把錢匯進帳戶，你是不是就可以拿著錢跑路了？」

王妍臉抽動了一下，說：「吳總，你這麼說是什麼意思？」

「什麼意思？」吳雯從皮包裏把文件拿了出來，狠狠地摔到王妍面前，說：「國土局說這些文件沒一份是真的，你竟然敢來騙我。」

王妍低下了頭，說：「你都知道了？」

「王姐，你這個把戲實在不高明，你想，要付這麼大一筆錢，我能不事先查證就給你嗎？」

王妍偷眼看了看吳雯，問：「既然已經被你拆穿了，你想怎麼辦吧？」

「本來我的朋友想讓我到刑警隊舉報，說你詐騙，可是我考慮到大家都是女人，在社會上立足也不容易，沒必要非逼你走上絕路，我也不想把你怎麼樣，只要你把錢老老實實的退還出來，我可以當沒這麼回事。」

王妍鬆了一口氣，陪笑著說：「好的，好的，我一定儘快把錢退給你。」

吳雯冷笑一聲，「你這個儘快有多快？不是又要拖我幾個月吧？」

「不會不會。」

「那你什麼時間還給我？」

「一個月吧，怎麼樣？」

「不行，我沒那個耐性了，三天，三天如果你不能還給我，那我們刑警隊見了。」

王妍苦笑著說：「吳總，你這不是要我的命嗎？三天時間我上哪兒給你湊一百萬啊？」

吳雯冷笑說：「王姐，你別揣著明白裝糊塗，錢你都送給了誰，你不知道嗎？別忘了，你還給了我一份錄影存證的，這麼好的湊錢管道你怎麼不用呢？」

王妍說：「我也沒全部送給孫書記啊，錢被我花掉了一部分。」

吳雯笑著說：「雖然沒全部送給孫書記，可是你留下了錄影，我相信孫書記為了贖回這捲錄影，一定會幫你想辦法湊錢還給我的。」

王妍說：「你是說讓我逼著孫書記給錢？這個，我怕做不到。」

吳雯笑說：「我可沒這麼說，我只是想拿回自己的錢，別的我不想理，除非被逼到要去處理的程度。至於做不做得到，是你自己的問題，你想想吧，是要去坐牢，還是請孫書記幫你還錢。」

王妍說：「算你狠，好吧，三天就三天。」

吳雯站了起來，說：「我可告訴你，過了三天，你自己到刑警隊報到吧，那樣還能賺個自首的好態度。告辭。」

吳雯氣哼哼的走了，王妍頹然的癱軟在椅子上，渾身都沒了氣力，她原本預計吳雯將錢匯進她的帳戶，她就可以捲了錢逃跑，沒想到吳雯技高一籌，沒上她的當。

好半天，王妍恢復了理智，吳雯說得對啊，她手頭還握著送錢給孫永的錄影，這可是一張王牌，運用好了，自己今後的日子就可以依靠孫永，相信憑孫永市委書記的地位，一定可以保證自己在海川過上好日子的。

王妍就撥通了孫永的電話。又是馮舜接電話，馮舜開口就說：「不好意思，王老闆，孫書記正在開會，不方便接聽你的電話。你是不是改個時間再打電話來？」

王妍冷笑一聲，說：「馮秘書啊，我不用改個時間再打電話了，你跟孫永說一聲，不要以爲躲著就沒事了，我的錢他不能白拿的，我可是有證據的，聰明的話，讓他就馬上給我回電話，否則我會讓他後悔莫及的。」

說完，王妍狠狠地將電話掛掉了，留著馮舜在電話那頭愣了半天。王妍這麼一發狠，他不知道該如何去跟孫永彙報，尤其是王妍提到說孫永拿了她的錢，那就是在說孫永受賄，這可是一個領導最忌諱秘書知道的東西了。他如果就這麼去跟孫永彙報，怕孫永對自己會產生不信任感。

可是馮舜不敢隱瞞，王妍的語氣很不善，如果事情鬧大了，孫永出了狀況，他這個秘書也是無法獨善其身的。

想來想去，馮舜還是去了孫永的辦公室。孫永正在批示文件，馮舜小心的說：「孫書記，那個王妍又來電話了。」

孫永頭都沒抬，不高興的說：「你這個小馮啊，不是告訴過你，王妍的電話今後我一概都不接嗎？」

馮舜吞吞吐吐的說：「可是這一次她有些不同，她說……」

馮舜說了半天，也沒敢把王妍的話說出來。

孫永抬起了頭，說：「她說什麼了，別吞吞吐吐的，趕緊說。」

「她說您拿了她的錢不能白拿，她有證據，讓您趕緊給她回電話，否則她將讓您後悔莫及。」

啪的一聲，孫永滿面怒容，狠狠地拍了桌子一下，說：「胡說，誰拿她的錢了，我看這個女人真是瘋了，我堂堂市委書記怎麼會拿她的錢。這女人咬了曲煒不說，現在還咬上我了。小馮，你可不要相信她的胡說八道啊。」

孫永雖然聲色俱厲，可是心中也在打鼓，他並不清楚王妍手中有什麼證據，不過細想起來，他並沒有留什麼把柄下來，因此心中僥倖的認爲王妍是在虛聲恫喝。他估計自己已經這麼長時間沒見王妍了，王妍如果有證據早就拿出來了。

馮舜乾笑了一下，說：「我知道孫書記一向很清廉，我怎麼會相信她呢？」

孫永說：「你不相信她就對了，別去理會這個瘋女人的胡說八道。」

馮舜小心地說：「只是孫書記，這一次王妍的語氣很不善，你是不是見見她，看看她究竟想幹什麼？」

孫永火了，說：「我見她幹什麼，她不過是因為求我辦事我沒幫她辦，惱羞成怒來威脅我而已，我見了她還是不能辦，見了有什麼用，讓她當面威脅我嗎？」

馮舜總覺得事情不是這麼簡單，可是看孫永惱火的樣子，也不敢再說什麼了。不過他也沒離開，他想等孫永進一步的指示。

孫永不滿地看了馮舜一眼，他心中有鬼，就覺得別人都在懷疑自己，便說：「你還站在這裏幹什麼？你還是不相信我嗎？非要我跟那個臭女人當面對質你才相信嗎？」

馮舜被吼得一哆嗦，連忙解釋說：「我是想看孫書記您還有沒有進一步的指示，既然沒有，那我出去了。」

說著馮舜就要轉身離開，孫永這時說：「小馮啊，你先等等，再有王妍的電話你不要接了，直接掛掉，她如果來找我，告訴門衛，不要放她進來，我不想再聽到這個女人的任何情況了。」

孫永是打算否認到底的，可又有點害怕王妍在電話中跟馮舜談及行賄自己的事情，因此就要求馮舜不要去接聽王妍的電話。

馮舜領命出去了，他被孫永罵了一通，心中遷怒於王妍，就決定再也不接觸王妍了。

王妍等不到孫永的回電，再次撥了孫永的電話，對方卻連接都不接，直接就掛掉。王妍頓時心涼透頂，她明白孫永是跟自己耍起無賴來了，這傢伙根本就是想要賴掉自己送錢給他的事實。

王妍沒想到堂堂市委書記竟然如此無賴，心中越發憤憤不平，她不甘心就這樣被孫永扔到一邊，便找到了市委，結果門衛就跟王妍說孫書記不在，請她離開。王妍氣極了，很想在市委大門口大鬧，可是她也知道自己不乾淨，她還騙了吳雯一百萬呢，只好無奈的離開了市委。

回到海益酒店的王妍已經對孫永不抱希望了，她明白自己目前的處境，知道只有跑路一條途徑了。她原本就想在騙了吳雯的轉讓金之後逃跑，因此早做了一些準備，此刻簡單收拾了細軟，萬般眷戀的看了看一手創立的海益酒店，想起自己回海川這段時間的生活，頓時淚流滿面。

她十分懊悔，如果不去參與什麼拿地的事，也許她和曲煒還甜甜蜜蜜的生活在海川呢，此刻卻要背井離鄉，逃離海川，還不知道有沒有機會再回來。這真是自作孽啊。

當晚，在海益酒店送走了最後一批客人之後，王妍鎖上了大門，開著車消失在茫茫夜色中。

第七章

# 東窗事發

孫永從公安局瞭解到吳雯舉報的情況之後，
才知道王妍為什麼這麼快就逃離海川，
原來王妍為了騙取錢財，竟然不惜偽造公文，被識破之後不得不倉皇逃竄。
弄明白了這一點之後，孫永越發放下心來。

海益酒店老闆娘跑了的消息，很快就在海川政壇傳播開來，人們對這個當初告倒曲煒的女人並沒什麼好印象，在猜測她跑路原因的同時，也對這個女人的遭遇有些幸災樂禍。

馮舜很快就知道了這個消息，趕緊彙報給了孫永。孫永聽了有些意外，他還以爲王妍會跟他糾纏些時日，沒想到這麼快就離開了海川。

是不是有什麼特殊原因呢？這是讓很孫永困惑的地方。另一方面，孫永心裏也放下了一塊石頭，他以爲這下再也沒人知道王妍送錢給他的事了，他可以安心享用王妍送給他的錢啦。

吳雯知道這個消息就比較晚了，她是快到三天期限的時候經過海益酒店，見海益酒店大門上鎖，她馬上意識到王妍跑掉了，下了車一問，果然如此。

她十分後悔不該沒有聽傳華的話直接報警，一方面在心中詫異孫永爲什麼不出面幫王妍的同時，也趕緊收拾了相關資料，去海川公安局報了警。

刑警隊給吳雯做了筆錄，收下相關證據，便說會展開調查，要吳雯回去等候。至於吳雯手頭掌握關於王妍行賄孫永的錄影，她並沒有提供給海川警方，一來，她覺得這是在海川地面上，孫永完全掌控局勢，如果貿然遞上去，有可能被孫永想辦法湮滅證據，並且受到打擊報復；二是吳雯也不清楚自己在這件事中是否有違法的行爲，如果遞上錄影帶，說不定反而會證實她對王妍行賄是知情的，甚至是背後的指使者，那樣說不定她也要承擔責任。

綜合這些因素，吳雯隱瞞了這份物證。

私下裏，孫永也正在密切關注海益酒店和王妍的後續情形，他從公安局瞭解到吳雯舉報的情況之後，才知道王妍爲什麼這麼快就逃離海川，原來王妍爲了騙取錢財，竟然不惜僞造公文，被識破之後不得不倉皇逃竄。

弄明白了這一點之後，孫永越發放下心來，他更認爲王妍手頭並沒有什麼證據能夠威脅到他，否則她也不會就這麼一聲不響的逃走。

傅華則是在跟一個朋友聊天時才得知這一消息的，他知道消息後，立馬給吳雯打了電話，詢問吳雯有沒有追回那一百萬。

吳雯嘆了口氣說：「沒有，誰知道王妍跑得這麼快，這筆錢怕是要損失了。」

傅華奇怪的問道：「我不是跟你說要馬上報警嗎？你爲什麼當時不去報警呢？」

吳雯苦笑地說：「我是不想把王妍送進監獄裏去。哎，一念之仁。」

吳雯隱瞞了行賄錄影帶這件事，她把情況跟乾爹通報，乾爹綜合考慮了各方面的因素，也覺得將這帶錄影拿出來不太好，要吳雯保管好了，也許日後能起到更大的作用。至於那一百萬，能從海益酒店那裏收回多少算多少吧，收不回的話，就當交了學費了。

確實，即使揭發孫永，頂多也只是壞了孫永的前程，對損失沒有絲毫的彌補，吳雯也只好暫時忍下這口氣，徐圖後計啦。

傅華說：「你一念之仁，可人家並不顧惜你啊。你受了這麼大損失，沒有合作人埋怨嗎？」

「怎麼沒有，沒辦法，我一個人扛起了，損失是我自己的。」

「有需要我幫忙的嗎，需要的話說一聲。」

吳雯笑了，說：「你是嫁進了豪門，財大氣粗啦，張口就是需要幫忙的說一聲。」

傅華說：「我不是那個意思，我是說除了錢方面，其他的事。」

吳雯笑笑說：「好啦，跟你開玩笑的，這一百萬我還承受得起。」

傅華又說：「你海川方面還需要找什麼人嗎？如果有，我會幫你想辦法的。」

「暫時不需要了，我乾爹叫我先把這邊放下回北京，他要跟我談談以後海雯置業的發展。」

「看來海雯置業是你乾爹支持你做的？」

吳雯笑笑說：「是啊，沒他支持我，我哪來的這麼多資金啊。」

傅華忍不住內心的好奇，問道：「你乾爹到底是什麼人啊？似乎到處都很吃得開。」

「其實我乾爹就是一個做生意的人，不過他生意做得很大，各方面的人脈很多，消息靈通一些而已。」

「這樣一個人物，似乎我岳父應該認識，可是他好像並不知道。」

吳雯笑說：「你岳父查過我乾爹？」

「我也不是很清楚，只是當初你幫我解決楊軍那件事情的時候，他調查過。他當時是怕趙婷所托非人，並不是要查你乾爹。」

吳雯笑笑說：「我明白，你岳父的心理我能理解。我乾爹向來做事很低調，你岳父不知道他也很正常。好了，別打聽了，有時候少知道一點對你沒壞處的。」

傅華笑笑，「好吧，那我就掛了。」

傅華剛掛了電話，辦公室的門就被推開了，伍奕走了進來，笑著說：「傅老弟，你這個人不夠意思啊，我就隨便包了點禮金而已，你還給我退了一大半回來。」

傅華說：「你的禮金也太過豐厚了，我可不敢收。」

伍奕搖了搖頭，說：「反正你這個人就是不實在。」

傅華笑笑，說：「你就說你來找我幹什麼吧。」

伍奕說：「我找你，是想你跟我跑一趟香港，帶著弟妹一起去吧，費用我負責，當我給你們補辦一次蜜月旅行。」

「你是要去跑你的股票香港上市的事情吧？」

伍奕點了點頭，說：「我香港的朋友幫我約了一個金牌經紀人，原本想跟董律師一起去看看，可是董律師說他有事無法前去，讓我自己過去先跟對方談一下。我一個大老粗辦這種事情沒經驗，就想請你陪我一起過去走一趟。」

傅華笑笑說：「這方面我也沒經驗的。」

「你就陪我一起去吧，你總比我讀的書多吧。」

「好吧，我陪你去就是了，我老婆就不用去了。」

「哎呀，我說要請你們去度蜜月的。」

「還是不要了，我不喜歡工作和生活混在一起。你先跟我說說這一次要去見的人是誰吧？」

伍奕說：「是一個叫江宇的香港人，五十多歲，做過多年的證券業務，在股市上有翻雲覆雨的能力，他發家就是靠操作了幾家仙股公司，經過重組和注資，轉手售出謀取了暴利，從而成爲了億萬富翁。我在香港的一個朋友跟他關係很好，此次我託朋友幫我尋找證券經紀人，他就推薦了這個江宇。」

傅華對這樣一個人物也很感興趣，一個人能累積起億萬資金，說明其有足夠的智慧。

「那我就請假跟你跑一趟吧。」

香港，荃灣海濱旁的海景酒店。酒店房間迎面就是維多利亞海港全景，可以俯瞰大帽山藍巴勒海峽等怡人美景，十分的賞心悅目。

傅華問：「伍董，你跟你的朋友約了什麼時候見面？」

伍奕說：「約了晚上，在尖東的富都夜總會見面，我朋友會來接我們。」

傅華點了點頭，他坐了半天飛機有點累，就去洗浴了一番，躺在床上假寐。

晚上九點，伍奕的朋友——香港麗鑫集團的羅董到了海景酒店，接伍奕和傅華去夜總會。

到了富都夜總會，櫃臺小姐認識羅董，立即說：「江董已經來了，在貴賓室等著呢。」

一行人就進了VIP室，一個很雄壯的五十多歲的男子已經在包房裏了，見他們進來，立刻站了起來，笑著說：「羅董，這就是你說的朋友？」

「是，來，我跟你們介紹，這位是伍奕伍董，東海省海川市山祥集團的董事長；這位是傅華，海川市的駐京辦主任。這位是江宇江董，德記證券的董事長。」

江宇跟伍奕和傅華握了握手，說：「歡迎兩位到香港來。」

傅華上下打量了一下江宇，江宇頭髮微捲，戴著一副黑框眼鏡，外表看上去很平常，但是一雙眼睛卻顯得分外銳利，提醒傅華他是一個不可小覷的人物。

幾個人坐了下來，羅董讓小姐開了一瓶人頭馬，要了幾碟佐酒的瓜子開心果之類的小點，就讓小姐退了出去。

江宇說：「伍董的事情，老羅已經跟我說了，時機趕得很巧，我最近正好看上了一家仙股公司，倒是可以跟伍董合作一下。」

伍奕說：「如何合作，還要請教江董。」

「說起來簡單，就是先用現金取得控股權，然後用不斷供股的方式進一步的控制公司所有權，在取得絕對性的公司所有權後，通過購買或者併購的方式把你內地的產業置於上市公司中，一舉達到你公司上市的目的。」

傅華聽得有點不明白，問道：「請問江董，什麼是供股？」

江宇笑笑說：「你們是內地來的，對香港的證券制度不熟悉。所謂供股，是上市公司董事會受股東大會之命，定向增發已發行總股本百分之二十內的新股份，該權利使公司實際控制人可以不斷增持股份而鞏固控制權；該股份的發行定價，原則上以當時該公司股票市場交易價爲準，可以略微溢價或折讓。這是香港併購高手慣用的一種策略。」

伍奕問：「那麼江董，我在這其中需要做的是什麼？」

江宇說：「取得控制權的現金部分需要伍董支付，再是內地恐怕對外資購買併購你的礦業集團有所限制，這點，伍董必須要能夠確保這部分資產能夠注入上市公司，否則，沒有新的資產注入，你買到的殼是沒用的，你的企圖還是無法實現。」

伍奕說：「我明白了，江董的意思是，我們先用資金掌握控制權，然後利用控制權增發公司的股份，由於這種增發是定向的，而且是可以低價折讓的，便可用很少的代價攤薄其他股東的權益。然後再通過購買方式將資產注入，一方面可以回收一部分資金，另一方面也改變了公司的基本面，實現公司股票的增值。」

江宇聽完，看了看羅董，說：「老羅，你跟我說伍董沒讀過什麼書，沒騙我吧？」

羅董笑了，說：「我騙你幹什麼？不信你問伍董自己。」

伍奕笑說：「我沒念什麼書，不代表我就是個笨蛋啊。」

江宇哈哈大笑，「對，對，想來伍董能把山祥礦業運作的這麼大，自有一定的頭腦。好，我喜歡跟聰明人合作，伍董，我們來好好合作一次，香港遍地都是黃金，讓我們賺個盤滿缽滿吧。」

羅董就給眾人倒上了酒，說：「來，我們喝一杯，預祝伍董和江董合作愉快。」

眾人碰了一下杯，各自抿了一口。

傅華放下酒杯，笑著說：「江董，我可能插這句話不合適，不過，我覺得還是醜話說在前面比較好。」

江宇說：「你要說什麼就說吧。做生意是要把醜話說在前面，不要最後鬧得不愉快。」

傅華說：「我只是想問一下，你這套操作手法合法嗎？我們可不想雖然上市了，卻要面對一大堆的麻煩，最後得不償失。」

江宇大笑了起來，拍了拍傅華的肩膀，說：「小老弟啊，你以爲這是內地嗎？這裏是香港，你稍稍違規一點，商業罪案調查科就會找上門來的，我可不想承擔違法的後果。」

羅董笑笑說：「傅老弟，你不明白，香港這裏的經濟是很自由的，而且是以自由的經濟體系和完善的法律制度聞名於世。我們奉行的原則是，只要法律不禁止就是允許的。江董這麼做，並沒有違背香港政府任何一條法律規定，所以並不違法。」

江宇說：「在這裏違法的成本是很高的，政府可能罰得你傾家蕩產。所以這裏跟內地有不同的遊戲規則。我雖然這麼大年紀了，可是股票市場的守則條例，仍然背得滾瓜爛熟。可能很多人認爲我是一個專門利用灰色地帶或是個專門鑽法律漏洞賺錢的人，但是我在道德上絲毫不感到內疚，因爲我完全依據遊戲規則辦事。股票市場無疑是一將功成萬骨枯，但投資者都知道這是一個零和的遊戲，像賭錢一樣，有人輸有人贏。我承認在股票市場賺了很多錢，可自認絕沒有幹過違法的事，我賺的都是見得光的錢。」

傅華笑笑說：「看來是我多慮了。」

江宇說：「無所謂，話說開就好了。伍董，你如果決定要這麼做，到我們公司來，我們再敲定相關的細節。」

伍奕說：「行，我和江董就合作這一次了。」

江宇說：「好，我希望和伍董合作愉快。」

兩人碰了一下杯，各自喝了口酒。

江宇放下酒杯，身子舒適的靠向沙發，笑說：「老羅啊，正事談完了，這裏是你常來的地方，是不是可以把這裏的漂亮妹妹叫出來了？」

羅董就把媽媽桑叫了進來，說：「這幾位是我的好朋友，把你們最漂亮的小姐叫四位進來，好好陪陪我們。」

傅華見羅董叫了四位，知道他也算了自己的份，連忙說：「三位就好，三位就好。」

江宇笑說：「怎麼，這位小兄弟還害羞？」

伍奕說：「我替我這位兄弟說個情，他新婚不久，還甜蜜著呢，小姐不叫就不叫吧。」

媽媽桑就領了三名穿著少得不能再少、外面披著一層薄紗的女孩子進來。

江宇笑著說：「小老弟，我們玩你可別眼饞啊。」說著，就把一名凹凸有致的妖媚女郎攬進了懷裏。

另外兩名小姐分別坐到了伍奕和羅董身邊，傅華落了單，反而有些尷尬，他遮掩著拿起酒慢慢品著。

江宇和小姐猜了一會兒拳，有點厭倦地放開了小姐，喝了口酒說：「老羅啊，你有沒有覺得現在的香港大不如前了，以前吃喝玩樂香港都是一流的，可現在呢，吃喝玩樂都要去上海、北京，這些地方才是流行的領導者。連小姐都不如上海的有趣了。」

羅董笑笑說：「我們是來玩的，江董，你別說這麼喪氣的話好不好？」

江宇搖了搖頭，有點落寞的喝乾了酒杯中的酒，說：「沒興致了，伍董，我明天派人去接你到我公司來，我們詳談。」

伍奕點了點頭，說：「好的，我等你。」

一行人就出了夜總會，泊車小弟將江宇的賓士先開了過來，江宇跟伍奕、傅華握了握手，上了車揚長而去。羅董將傅華、伍奕送回了酒店，禮貌性的說聲早點休息，就離開了。

第二天，吃過早餐後，伍奕就被江宇派人接去了公司。傅華一個人閒著沒事，就到香港幾個代表性地標建築四處逛了逛。又到中環轉了一下，各種世界頂尖名牌琳琅滿目，讓人目不暇接，他轉了半天，給趙婷買了一瓶香水，就打道回府了。

剛回到酒店，傅華就接到了伍奕的電話，讓他在酒店等著，他和江宇來接他，晚上去賭船玩一下。

很快，伍奕和江宇就過來，接了傅華，三人在天星碼頭上了一艘駁船，再登上一艘豪華油輪「天皇星號」。

賭船上真可謂是一個小型的娛樂總匯，什麼中西餐廳、各式娛樂場所、美容中心、免稅店等等，應有盡有。船上的服務員都認識江宇，很快將伍奕和傅華的上船手續辦好了，將三人領進了貴賓室。

江宇說：「我們先隨便吃點東西，開賭要九點之後。」

江宇點了些飯菜，三人便坐下來吃著，談談笑笑，不覺就到了九點鐘，江宇問傅華：「小老弟，會玩百家樂嗎？」

傅華笑著搖了搖頭，說：「電影裏看過，倒沒玩過。」

江宇說：「其實不玩也好，賭錢都是十賭九輸的。」

傅華笑說：「很多人都知道賭錢十賭九輸，可還是控制不住自己。不知道江董玩這個是輸還是贏啊？」

江宇笑了，說：「小老弟，你想說我可能也是輸家對吧？呵呵，你猜錯了，跟你說，我是十賭九輸中的那個一，我可是贏家。」

傅華笑問：「那江董是有什麼訣竅嗎？」

江宇笑笑說：「其實說有訣竅，還真是有訣竅，賭博其實是跟炒股票一樣的，知道什麼時候應該停手才是高手。好啦，我看過黃曆，今天是旺日，我可要大戰一場了。」

小姐給江宇和伍奕換了籌碼，伍奕拿了一疊籌碼放到傅華面前，說：「老弟，隨便跟著玩玩吧。」

傅華想要推辭，看江宇看了他一眼，到嘴的話又吞了回去，他覺得如果都不跟著玩，別人會覺得他這個人不合群，心想小玩一點就是了，免得搞得大家玩得不開心，於是傅華也拿著籌碼，跟著伍奕和江宇到百家樂台前坐下。

這裏是貴賓室，單獨爲江宇開了一台百家樂。伍奕以前上過賭船，對百家樂怎麼賭很清楚。傅華不懂百家樂的玩法，因此只是坐在旁邊看。

慢慢地，傅華也看出了一點門道，知道百家樂基本上就是莊家給玩家和自己各發兩張牌，誰的牌接近九，誰就是贏家。傅華忍不住也有些手癢，便試著跟江宇一起下注。

江宇見手風很順，下注開始大了起來，幾個小時之後，江宇面前的籌碼已經增加了不少，傅華跟著他賭，也小有斬獲，只有伍奕輸掉了不少。

江宇打了個哈欠，看了看傅華和伍奕，說：「我有些睏了，兩位還要繼續嗎？」

傅華本來就是跟著隨便玩玩的，因此笑笑說：「我也有些睏了，不玩了。」

伍奕輸了不少的錢，有些不想放棄的意思，傅華把自己面前的籌碼推給了他，說：「好啦，伍董也到此為止吧。」

伍奕笑笑說：「你贏了應該算你的，別推到我這裏來。」

傅華說：「這本來就是伍董的籌碼，你收回去就是了。」

江宇笑說：「伍董，這位小老弟看來並不在乎這點錢，你收回去吧。」

結算完籌碼，江宇看了看時間，說：「再兩個小時就是船靠岸的時間了，我們上甲板吹吹風吧。」

三人便上了甲板，甲板上除了三人，一個人影都沒有，大家都聚到賭桌上去了。帶著海水鹹味的海風徐徐拂面，讓傅華感受到一陣清爽的感覺。

江宇深吸了一口海風，對傅華說：「小老弟，你不錯嘛，懂得跟著贏家下注，而且竟然不為賭場所惑，能夠說收手就收手。你這個狀態很具備成為賭場贏家的資質。」

傅華笑說：「其實我是跟著江董走的，我倒是真的佩服江董，你贏了那麼多還能及時收手。」

江宇笑笑說：「在賭場裏，不知道什麼時間該離開是賭客最大的弱點，你看賭場裏通宵燈火通明，亮如白晝，就是不想給賭客時間感。股市上有句名言：『知道什麼時間進場是徒弟，知道什麼時間出來才是師傅。』賭場也是一樣。每次我進賭場，都給自己預設目標，贏到或者輸到多少，我就會逼自己收手。今天贏了五百萬，達到我預定的目標了，而且我的頭腦已經有點昏沉，所以馬上就決定收手。」

傅華看著江宇，心中暗自欽佩，看來一個人能夠成功，真是有其獨到之處的。

遠處天際間，升起了一道紅紅的拋物線，閃著金光，一直往上衝，轉瞬間飛躍而出，太陽出來了，萬點霞光灑在大海上，絢爛多彩，蔚爲壯觀。

江宇說：「我很喜歡在船上看日出，真是令人心情舒暢。」

傅華笑說：「尤其是在贏錢之後吧。」

江宇笑得越發開心，說：「當然。」

這時，一個四十多歲的中年男人走上了甲板。

「江董心情舒暢了，看來這一次又斬獲了不少啊。」

江宇回頭看了看中年男子，笑說：「怎麼，呂董心疼了？」

中年男人說：「當然有點心疼，如果每個人都像江董這麼贏了就走，我這賭船怕是要開不下去了。」

江宇笑了起來，說：「呂董，你這話說得真是沒意思，誰不知道你這裏每天日進斗金，財源滾滾啊。你如果開不下去了，轉手讓給我好了。」

中年男人笑著說：「幸虧沒有人能夠做到像江董這麼有數，我還能稍有賺頭。這兩位是你的朋友？」

江宇介紹說：「這兩位是內地來的朋友，我給你們介紹，這位是東海省山祥礦業集團的董事長伍奕先生，這位是東海省海川市傅華先生。這位是呂鑫呂董，是我們腳下站著的這條船的東主。」

江宇怕傅華介意顯露他官員的身分，因此只介紹了他的名字，並沒有說他是做什麼的。

呂鑫跟伍奕和傅華握了手，一邊把名片遞給兩人，說：「感謝兩位光臨我這條小船，日後兩位再有機會登船，有什麼事情可以跟我聯繫，江董的朋友就是我的朋友。」

江宇也笑著說：「對啊，呂董是很仗義的一個人，日後有什麼需要，可以直接找他啦。」

幾個人又聊了一會兒，就下去一起吃早餐。吃完早餐後，船已經開回了香港海域，江宇、傅華和伍奕就下了船，江宇將二人送回海景酒店就離開了。

傅華和伍奕回到房間，傅華問道：「忙活了半天，你們都談好了嗎？」

伍奕點了點頭，「談好了，整個情形我大致上都明白了。對了，你覺得這個江宇怎麼樣？」

傅華說：「很知進退的一個人。重點不在我對他的印象如何，而是你覺得他可信嗎？」

伍奕笑笑說：「我覺得還行，尤其是羅董跟我說，江宇這個人是很講信譽的。」

「這麼說你決定要做了？」

「對，我決定要做了。」

北京。

吳雯和一個五十多歲的男人坐在一起看王妍給吳雯的錄影，畫面上清楚的顯示著王妍將錢塞給了孫永，並要求孫永幫忙協調拿地。孫永一臉笑意，滿口應承著。

男人看到這裏，搖了搖頭，說：「古人說盜亦有道，做什麼都有其必須遵守的倫理。現在這些官員是怎麼了，拿了錢就應該幫人辦事，或者辦不到就老老實實把錢退回來，這傢伙竟然拿了錢還對人家的事情置之不理，真是混賬。」

「乾爹，你不知道這個孫永有多可惡，他竟然想利用這件事趁機占我的便宜。幸虧我機警，沒上他的當。」

原來這五十多歲的男子就是吳雯的乾爹。他看了吳雯一眼，說：「看來這傢伙確實也辦不到你想要做的事情，不然的話，也不能收了錢不辦事。」

「那您說，我要不要將這份錄影交出去？」

乾爹想了想說：「這種傢伙一點道義都不講，我們是不敢跟他合作的，因此這份錄影對我們來說，並沒有什麼利用價值，甚至可能因爲他垂涎你的美色，試圖染指你，反而會阻礙我們的事業發展。不過這份錄影雖然對我們沒有利用價值，可也不能經我們的手交出去。」

吳雯看了看乾爹，說：「乾爹，我們不能用這個脅迫孫永幫我們辦事嗎？起碼我們可以逼他將我們的錢退回來。」

乾爹搖了搖頭，說：「不行啊，你現在並不明確逃走的王妍對這份錄影持什麼態度，如果你用這份錄影脅迫了孫永，而王妍又將孫永揭發了出來，那就將我們也牽連進了這個亂局中，怕是到時候得不償失啊。」

「那索性揭發他算了，爲什麼你說我們還不能交出這份錄影？」

乾爹笑笑說：「你以後還要在海川活動，如果官員們知道你揭發了孫永，誰還敢跟你談合作啊？」

「那就放過這孫永了？讓他拿著我的錢逍遙自在？」

乾爹搖搖頭說：「先放一放吧，等看情況再說。」

吳雯知道乾爹社會閱歷豐富，他這麼說自有他的道理，就說：「那就先便宜孫永這傢伙吧。乾爹，你說讓我回來商量海雯置業以後的發展，你有什麼想法嗎？」

乾爹看了看吳雯，說：「小雯，王妍這件事情，沒讓你覺得自己做事是有問題的嗎？」

「乾爹，我知道讓公司損失這一百萬是我的錯，我願意承擔這個損失。」

乾爹笑了笑說：「你覺得我是在乎這一百萬的人嗎？這一百萬是爲了公司的發展付出的，不需要你個人承擔。但是你有沒有思考一下，這件事情你錯在哪裡？」

吳雯想了想說：「我錯在不該這麼信任王妍，把全部希望都寄託在這個女人身上，才導致最終的失敗。」

乾爹搖搖頭說：「不對，你還是沒找到問題的根源。」

吳雯不解地問：「那您認爲我錯在哪裡？」

乾爹說：「要我說，你錯在明知不可爲而爲之。」

「我不過是想做出一點成績給別人看看嘛，難道這也錯了？」

「是錯了，而且是大錯特錯，你這是犯了商家大忌知道嗎？一個聰明的商人要懂得順勢而爲，而不是逆勢而上。這件事情，明明那個傅華跟你說做不到，你卻偏偏強要去做，結果怎麼樣呢？」

吳雯低下了頭，說：「對不起，我當時生氣傅華不肯幫我的忙，有點賭氣了。」

乾爹說：「你這一賭氣可好，一百萬沒了。」

「這一次我知道自己做錯了。」

乾爹說：「我明白你是想在家人面前做出點成績來，可是你也太急躁了一些。」

「那您說我該怎麼辦？」

「你如果真要在海川做出一番事業來，光有那一點錢肯定是不行的，你知道你目前最欠缺的是什麼嗎？」

吳雯好奇問：「是什麼？」

乾爹說：「你最欠缺的是人脈，你雖然是海川人，可是你的父母都是底層的小市民，他們的社會關係是不能幫到你什麼的。至於那個傅華，他雖然在海川有一定的社會關係，可是他的社會關係都是以曲煒爲核心建立的，曲煒一離去，他的那些關係便無法在海川呼風喚雨了，而且傅華目前的重心已經遷移到了北京，在海川有些隔靴搔癢，難以掌控，你想借用他的關係，怕也很難達到你的企圖。你目前最需要的是建立自己的人脈，只有你自己的人脈才能真正的幫助你。」

吳雯點了點頭，說：「乾爹，你說得太對了，我原本想借用傅華的關係開展我的業務，他雖然幫我介紹了市長秘書余波，可是他對我並沒有什麼用處，只能幫我一點小忙。看來我開始就想錯了。」

乾爹笑了笑，說：「你目前在海川的狀態就像一株沒根的浮萍，任何人都能搖動你。你想要憑自己的能力在海川闖出一片天下，這個理想是好的，可惜你沒考慮到環境因素，即使那裏是你的家鄉，沒有根基你也是寸步難行的。」

吳雯苦笑了一下，說：「是啊，我當初想的太簡單了，以爲自己拿一大筆資金回去，就會被奉爲上賓，哪知道人家根本不拿我當回事，我想清清白白的做事，可是就連市委書記都覬覦我的身體，老天爺真是喜歡捉弄人。」

乾爹笑笑說：「你對中國人的人性還是不夠瞭解，你看這社會到哪裡不需要靠關係，哪裡的人不在玩圈子？」

吳雯看了看乾爹，說：「那您說我應該怎麼做？」

乾爹說：「你也別急著一下子就去做什麼驚天動地的大事了，還是先好好紮下根基再說。我替你考慮過了，海川市西郊有一座西嶺賓館，背山面海，風景優美秀麗，是一個很好的避暑勝地，可是由於經營者的問題，這幾年營運的並不好，我想你去承包下來，作爲你跟海川真正建立起人脈的基地。」

吳雯說：「您讓我經營賓館？我能行嗎？」

乾爹笑了，說：「你一個堂堂花魁，迎來送往、結交有利人士是你的長項啊，別跟我說你這一點都做不到。」

吳雯的臉沉了下來，說：「乾爹，我真的不想再重作馮婦了，您這麼說，還是沒忘記我的過去。」

乾爹說：「我是想要你去做掌控者，而不是讓你去重操舊業。這一點你行的。」

「那西嶺賓館肯包給我嗎？」

乾爹說：「我跟你這麼說，就是有了一定的打算的。西嶺賓館隸屬於東海省人事廳，是他們的幹部培訓基地，我跟他們的廳長周鐵關係不錯，這件事情我們大致談過，周鐵原則上同意了。」

「原來乾爹你早就做了籌畫了。」

乾爹說：「我原本想讓你放開手腳，自己去折騰一番，可是目前看來，你選的路有點不太對了。我幫你籌畫這個，也是給你建立一個跟海川政商兩界接觸的平臺，希望你能有所作爲。」

「乾爹，還是您對我最好。」

乾爹伸手輕輕地撫摸著吳雯的頭髮，說：「小雯啊，乾爹遇到你也是一種緣分，你讓乾爹感覺自己年輕了好多。」

吳雯乖乖的靠到了乾爹懷裏，她想起跟乾爹初次相遇的情形。那時，她已經是大名鼎鼎的花魁了，被一個客人事先預定要她接待乾爹。在仙境夜總會，她見到了這位被眾人簇擁在核心中的人物。

當時他坐在沙發上，跟周圍的人說著閒話，根本就沒被她花魁的名頭所吸引。當周圍的人跟他說花魁來了，這才轉頭看了看自己。

那一刻，他也被自己驚人的美貌打動了，一晚上都目不轉睛的看著自己。後來自己跟他出臺，在房間裏，當自己解開衣扣，向他展現美麗的胴體時，他徹底驚呆了，雙手忍不住在她美好的肌膚上遊走。

正當她以爲他要佔有自己的時候，他卻連聲說暴殄天物，暴殄天物，竟然拿起衣服將她的胴體遮蓋了起來。

那時吳雯十分的驚訝，還沒有一個男人能夠在自己美好的胴體面前克制住自己的欲念，看來這個男人有著極大的自制力；又或者自己有什麼做得不對的地方，她忍不住問道：「劉董，是不是我有什麼地方讓你不滿意了？」

乾爹坐直了身體，說：「因爲你太美了，我不能擁有你，擁有了你，我會折壽的。」

那一晚，兩人就什麼也沒發生的睡了一晚。

第二天吳雯要離開時，乾爹照約定要給她錢，她卻堅決的將錢推了回去，說：「既然您尊重我，不肯擁有我，那這錢我不能收。」

乾爹很詫異地說：「我佔用了你的時間，付錢給你也是應該的，不然這一晚你跟了別人，必然是會獲得收入的。」

吳雯笑笑說：「我知道自己是做什麼的，我們之間就是一場交易，你出錢買我，我付出身體，公平交易。現在既然你看得起我，拿我當人待，那我自己就沒有理由輕賤自己，拿自己當貨物出賣。」

乾爹認真的看了看吳雯，笑笑說：「想不到你還有自己的道義啊。」

吳雯笑了，說：「我也沒想到還有一個男人能在我的身體面前停下來。」

乾爹最終把錢收了回去，後來就時常來仙境夜總會，來了也不做什麼，就是跟吳雯坐在一起聊聊天，隨意的喝酒，興盡了就離開。吳雯也很乖巧，每次乾爹來了，她就推掉別的應酬，乾爹走了，她也跟著收拾收拾下班。

慢慢的，吳雯從聊天中知道了乾爹的零星事蹟，知道他飽經滄桑，經歷過失敗，又重頭開始，才創下現在這番局面。

乾爹漸漸把吳雯這兒當做一個可以隨意說心裏話的地方，兩人成了一種說不清道不明的知己關係。

終於有一天，乾爹對吳雯說：「你做這個準備做到什麼時候？」

吳雯苦笑了一下，說：「入了這一行還能有什麼打算啊，我想趁年輕多賺點錢，等人老珠黃的時候就回家養老。」

乾爹說：「你不能這麼想，你應該趁年輕早作打算，真要等人老珠黃，你只有坐吃山空的分了。」

吳雯說：「我手頭已經攢了一筆錢，也有想做什麼的打算，可是一直沒下這個決心。」

乾爹笑著問：「你想做什麼？」

吳雯說：「我手頭的錢有限，做不了大的生意，開個小店之類的還可以。」

乾爹說：「如果我跟你合作，出一筆資金，你想做什麼？」

吳雯愣了一下，看了看乾爹說：「還是不要了，我沒理由拿你的錢去做生意的。」

乾爹呵呵大笑了起來，說：「我每次來跟你聊天，看到你還在做這一行，心裏就很不舒服，一直想勸你離開這個行當。如果你真的想做點什麼，我是真的很想幫你。」

吳雯搖了搖頭說：「不行的。」

乾爹說：「你就當我想做生意，要你來幫忙，行了吧？」

吳雯當時確實有了退意，幾經勸說，終於接受了乾爹的好意，同意跟他合作做生意，退出歡場。

因爲看到房地產的美好前景，兩人便商定吳雯回家鄉成立一家房產開發公司，由吳雯出面經營，但重大決策必須經過乾爹的同意。

敲定合作的細節之後，那晚，在乾爹面前，吳雯再一次褪盡了羅衫，執意要把自己奉獻給乾爹，乾爹還是堅定的讓吳雯將衣服穿起來，他說：「說實話，我這輩子還是第一次做這種善事，你不要讓事情變了味。」

吳雯有些氣惱的說：「我覺得你是嫌棄我是做那個的。」

乾爹笑說：「你別以爲我現在風風光光的，其實我做的事情比你乾淨不了多少，甚至更骯髒。我可以睡的女人很多，但是想找一個能夠陪我說說話的女人，目前就你一個，我如果佔有了你，我們之間的關係就變質了，我不想連你這個能夠說說話的人都失去了。」

吳雯也很聰明，當時就給乾爹跪了下來，拜了幾拜，認他做了乾爹。

這也算是兩人一段很奇妙的緣分，雖然在很多人看來，兩人之間的關係有些曖昧，可是吳雯心裏很清楚，這個老男人在她身上尋求的，其實是一種精神上的慰藉，而非貪圖她的身體。

第八章

# 紅酒派對

傅華說：「既然參加紅酒派對，我們要不要帶瓶紅酒去啊？」
趙婷笑笑說：「我早準備了，拿了爸爸兩瓶澳丁格貝西拉乾紅。」
澳丁格貝西拉算是新世界葡萄酒的代表之一，
口感不差，帶去參加徐筠的派對也不掉價。

在香港休息了一天，傅華和伍奕就匆匆告別江宇和羅董，回了北京。

董律師聽完伍奕所說的情況，便說：「可以進行操作了，你先按照江宇的要求註冊離岸公司吧。」

於是伍奕就去找了董律師推薦的一家代理公司，開始辦理離岸公司的註冊手續。

所謂「離岸公司」，是指在原居住地以外註冊成立的公司，一般統稱爲海外離岸公司。非當地居民在英屬維京群島、馬紹爾群島、巴哈馬群島、開曼等這些島國或地區註冊的公司，都屬於這一類別。

這些國家和地區有許多曾是英國的殖民地，還保留了英國的法律體系和司法制度，當地政府以法律手段制訂並培育出一些特別寬鬆的經濟區域，允許國際人士在其領土上成立公司，不收稅金，只收取少額的年度管理費。這些海外離岸公司，均具有高度的保密性，稅務負擔輕，又無外匯管制三大特點，因而吸引很多投資者註冊設立。

伍奕付清了代理費，註冊程序就開始了，經過十個工作日，就拿到了在開曼群島註冊的公司所有相關的文件。

此時，吳雯回到了海川，正坐在海川西嶺賓館的總經理的辦公室裏。

西嶺賓館的總經理叫王華，是一個四十出頭，瘦高個子的男子。

他倒好茶，遞給了吳雯，說：「吳總，你們公司的情況，周廳長已經講了。廳裏現在有意把幹部培訓基地和賓館業務分開，把賓館業務交給民間私人企業管理，貴公司既然有意接手，真是太好不過了。」

吳雯笑笑說：「周廳長把這件事情跟我們公司的劉董談過，劉董覺得我是海川人，熟悉情況，建議我不妨把賓館接手過來好好經營。」

王華看了看吳雯，笑著說：「沒想到吳總還是海川人，海川竟然還有這麼美麗能幹的人才啊，那日後賓館就拜託吳總了。」

客套話說完，王華就領著吳雯參觀西嶺賓館。這所賓館當初是人事廳花費了很大一筆資金建起來的，各方面的基礎設施都選材精良，吳雯看了看，知道簡單的裝潢一番，就可以重新開始營業了。

吳雯和王華落實了一下細節，就簽訂了承包合同，王華隨即將賓館的經營權移交給吳雯。吳雯將賓館各方面的設施進行了簡單的修繕，更換一些看上去已經老舊的設施，又粉刷了賓館的外牆和玻璃，另外又招聘和培訓了一批專業廚師和年輕漂亮的服務員，讓整個賓館有一種煥然一新的感覺。

做好這一切，西嶺賓館便準備重新開張了。

她把情況跟身在北京的乾爹作了彙報，乾爹聽完之後說：「這一次你要做的高調一點，回頭我跟周鐵通個電話，讓他出席西嶺賓館的重新開幕典禮，你以周鐵出席爲名義，邀請孫永和徐正出席，把這場典禮給我辦得風風光光。」

吳雯說：「好的，我一定好好安排。」

乾爹想了想說：「這些還不夠，你再以海雯置業的名義向海川市慈善基金會捐款一百萬，把捐款儀式和開張典禮一起舉行，要一下子就讓海川人知道你。」

吳雯愣了一下，說：「要捐這麼多啊？」

乾爹笑說：「將欲取之，必先與之，不捐多一點，人家怎麼知道海雯置業的實力。」

吳雯笑了，說：「好的。」

吳雯就主動找到海川市慈善基金會，把捐款的意圖作了說明，慈善基金會的工作人員十分高興，雙方商定了捐款儀式的舉行方式。

不久，人事廳通知海川人事局和西嶺賓館，廳長周鐵要來參加西嶺賓館重新開幕和海雯置業捐款的典禮。海川市人事局聽到廳長要到海川來，自然不敢怠慢，連忙把情況跟孫永和徐正作了彙報，並邀請他們出席重新開幕和捐款儀式。

孫永和徐正曉得自己同級的官員到了海川，慣例上是要出面招待的，便都答應了出席典禮。

只是孫永聽到「海雯置業」這個名字的時候，心裏有些打鼓，他並不清楚吳雯對當初王妍找自己拿地的事情究竟知道多少內情，他擔心吳雯知道王妍給自己送錢的事情。不過隨即想到王妍逃離海川已經有些時日了，沒有了這個當事人，吳雯就是知道什麼也無法對證，他的擔心也就煙消雲散了。

佈置好這一切之後，吳雯打電話給傅華，把自己承包西嶺賓館的事向他做了報告。傅華聽完，心裏爲吳雯感到十分高興，他覺得吳雯總算開始走上正軌了。

傅華笑笑說：「祝賀你啊，希望你生意興隆。」

吳雯說：「你別光希望啊，你要幫我捧捧場啊。」

「你要我怎麼捧場？」

吳雯笑著說：「你幫我邀請一下你在海川的朋友，主要是商界的人士。政界由海川人事局來安排，省廳的周鐵廳長要來。」

「好，我幫你邀請一些朋友。」

於是，傅華就給丁江和伍奕等朋友打了電話，跟他們說重新開張的西嶺賓館是自己一個很重要的朋友承包的，希望他們給個面子捧場一下。丁江和伍奕等人自然一口答應，說到時候一定會送花籃到場祝賀。

開業前一天晚上，周鐵就到了西嶺賓館，吳雯、王華和人事局長一起迎接了他。

他看到煥然一新的西嶺賓館十分高興，笑說：「王華啊，你看看人家海雯置業，早這樣，賓館的經營早就火了，你要跟人家多學習學習。」

王華連連點頭說：「是，周廳長指示的是，我是需要跟吳總多學習學習了。」

吳雯笑說：「周廳長太誇獎我了。」

周鐵說：「你做得確實不錯，強將手下無弱兵啊。老劉這傢伙在忙什麼，把我叫到這裏，他卻在北京躲清閒。」

吳雯笑道：「乾爹在北京有事情要忙，他特意交代我一定要好好招待您呢。」

周鐵笑著說：「這傢伙一門心思就是賺錢，你回頭跟他說，錢是永遠賺不完的，這些老朋友很想念他，叫他有時間多出來見見老朋友。」

吳雯說：「好的，我一定把您的話轉告他。」

周鐵表現的跟吳雯的乾爹好像是多年的老朋友一樣，這些看在人事局長和王華的眼中，心中對吳雯的評估又上了一個層次，心說這個女人絕對不能慢待。

第二天一早，陸續有人送來慶祝開張的花籃和牌匾。由於有重要領導出席，東海省和海川市的電視臺都派出了記者在現場拍攝。

徐正比孫永先到了現場，跟在門口迎候的吳雯熱情地握手。吳雯和王華將徐正迎進了典禮現場，周鐵得知徐正到了，也立即出來跟徐正握手，說：「徐市長，感謝你來給我們西嶺賓館捧場。」

徐正說：「我倒覺得應該感謝周廳長對我們海川市企業的支持啊。」

周鐵哈哈大笑，說：「說起來我們都算是西嶺賓館的地主，今後這裏還需要徐市長多關照啊。」

徐正開玩笑說：「西嶺賓館有這麼美麗的主人，我當然要多來幾次了。」

吳雯做出了一副害羞的樣子，媚笑著說：「不來了，徐市長怎麼拿我開玩笑。」

徐正看吳雯這麼嬌媚，心神不禁爲之一蕩。

這時孫永也到了，周鐵和徐正、吳雯一起迎了上去。孫永老遠就向周鐵伸出手來，說：「周廳長，你可是好久都沒到我們海川市指導工作了。」

周鐵笑著跟孫永握手，說：「孫書記，我這不是來了嗎？」

孫永又跟吳雯握了握手，對西嶺賓館的重新開張表示了祝賀。吳雯見孫永一副什麼事情都沒發生的樣子，心中不禁暗罵他的無恥。不過她仍是滿臉笑容的對孫永的到來表示了感謝。

貴賓都到齊了，典禮正式開始，先舉行了捐款的儀式，吳雯手拿著一張做得很大的大型百萬支票，轉交給海川市慈善基金會的領導，基金會的領導向海雯置業致辭表示感謝。隨即吳雯講了海雯置業承包西嶺賓館的承包情況，並感謝各界領導對西嶺賓館重新開張的支持。

接著孫永、徐正和周鐵陸續致辭，致辭之後，各個領導一字排開，為西嶺賓館重開張剪了綵。剪完綵，眾人被請進賓館的餐飲部，由西嶺賓館設宴宴請到場的嘉賓。

周鐵徐正孫永坐在了一個桌上，吳雯做主陪，王華做副陪，吳雯為表示對各位領導到來的感謝首先敬了一杯，隨即周鐵端起了酒杯，說：

「西嶺賓館是人事廳的下屬賓館，現在經過一番重整重新開張，今後希望孫書記和徐市長這些海川的領導對它多加支持。」

其後吳雯也到各桌去敬來的客人，這一次可算是海川市政商名流的大聚會，吳雯的亮麗也成了眾人矚目的焦點，客人們在稱讚菜肴美味的同時，目光都沒離開她的周圍，紛紛表示今後一定來賓館做客。

吳雯早就已經習慣了男人的目光圍繞著自己轉，自如優雅的應酬著，內心中，她暗自佩服乾爹的設想高妙，試問經過這一場儀式，海川還會有誰不知道自己呢？她原來因為王妍而受的一肚子悶氣，此刻都一掃而光了。

周鐵草草吃完之後，急著趕回省城，就要離開，吳雯和孫永等人送他出了賓館，周鐵上了車就離開了。周鐵走了，孫永隨即也要離去，吳雯和王華將他送到車邊，在跟吳雯握別的時候，孫永說：

「吳總，當初拿地的事情真是不好意思啊，其實我當時問過市政府了，結果市政府對那塊地有別的規劃，這個情況，我跟王妍都做了說明，遺憾的是沒當面跟你說一下，讓你受了王妍的欺騙，是我不應該啊。」

孫永說這番話，是想試探一下吳雯對王妍送錢給自己的事是否知情。

吳雯笑著看看孫永，心想這傢伙臉皮真是厚，說謊話臉不紅眼不眨的，不過，目前並不是揭穿他的時機，便笑笑說：「孫書記真是客氣了，錯不在您，都怪那個王妍不是東西，事辦不成還騙我的錢，我相信她騙了我的錢也不會有好下場的，不是說善有善報惡有惡報，不是不報，時機未到嗎?!」

孫永畢竟心中有鬼，聽吳雯說到報應這一套，心裏便不很自在，強笑著說：「那是，那是。」

不過經過這一番試探，孫永心中可以肯定吳雯對王妍送錢給自己並不知情，這讓孫永多少有些放心了。

徐正也接著告辭了，他走的時候，特別表示吳雯如果有什麼困難，可以找他，他一定會盡力幫她解決的。

送完所有的客人後，吳雯已經是一身疲憊了，身旁的王華也累得要命，不過心情很是愉快，他笑著對吳雯說：「吳總，經過今日這番運作，我們的賓館真是要大有起色了。」

吳雯無言地笑笑，心說這一切還只是一個開始。

工地上，傅華看著眼前矗立的海川大廈主體建築，心中油然浮起一種成就感，這是他從無到有一手創造出來的，就像他自己的孩子一樣。

下一步，就是對海川大廈進行整體裝修了，他撥通了章旻的電話，說：「章董，海川大廈的主體結構已經完成，接下來要你們順達集團進場了。」

章旻笑說：「好，辛苦你了傅主任，我們不久就會派人開始進行裝修。」

打完給章旻的電話，傅華圍著大廈轉悠，他有些捨不得離開。這時手機響了起來，看看是趙婷的電話，連忙接通了。

趙婷說：「老公，你在哪兒?怎麼還不回家啊?」

傅華笑笑說：「我在工地，正在看我的海川大廈。」

「哦，你今晚不會有什麼應酬吧?」

「沒有，只是在這看看而已。」

「沒有最好，你趕緊回來，徐筠邀請我們去董律師家，參加她的紅酒派對。」

因為徐筠也住在笙篁雅舍的關係，趙婷和徐筠也成了很好的朋友，經常會湊到一起談天說地。

看趙婷、徐筠和鄭莉成爲越來越好的朋友，反而讓傅華感到十分的尷尬，他不知道這些女人在一起會不會在背後嘀咕他什麼，尤其是鄭莉曾經和自己互有好感，他怕鄭莉不小心惹到趙婷，讓趙婷打翻醋罈子。趙婷的性格衝動很難掌控，傅華很害怕受到無妄之災，偏偏他又不能阻撓女人之間的友誼發展，只能在一旁擔心的看著。

傅華問：「她爲什麼舉行紅酒派對啊？有什麼名目嗎？」

趙婷笑說：「人家的老董要過生日，她舉辦派對爲他慶祝啊。」

這個徐筠一門心思都放在董律師身上，董律師過生日自然很緊張。

「那我馬上回去。對了，既然參加紅酒派對，我們要不要帶瓶紅酒去啊？」

趙婷笑笑說：「我早準備了，拿了爸爸兩瓶澳丁格貝西拉乾紅。」

澳丁格貝西拉算是新世界葡萄酒的代表之一，雖不及法國葡萄酒的歷史悠久，可是口感並不差，帶去參加徐筠的派對也不掉價。

傅華趕回了家裏，簡單的洗漱一番，換好衣服，就和趙婷去了董律師家。徐筠出來開門，趙婷把紅酒遞了過去，笑問：「徐筠姐，壽星公呢？」

徐筠說：「在客廳，還有幾個朋友在那聊天。」

這時董昇從客廳那兒探出了頭，說：「趙婷來啦。」

趙婷笑說：「生日快樂，董律師。」

董昇沒顯出特別高興的樣子，淡淡地說：「快樂什麼，又老了一歲。」

徐筠臉上有些尷尬，看來她準備的這個慶祝並不十分讓情郎滿意。

傅華笑笑說：「沒想到董律師這麼計較自己的歲數，通常都是女人怕自己又老了一歲，我倒是覺得男人要有些年紀才有味道。」

趙婷也說：「對啊，男人要成熟一點才有魅力嘛。」

聽趙婷這麼說，董昇臉上才有了笑意，開玩笑的說：「是嗎？跟我相比，你是不是覺得你們家的傅華幼稚了？」

趙婷笑說：「他才剛剛有點熟，我會慢慢把他養熟的。」

傅華和趙婷、徐筠就去了客廳，鄭莉、商務部的崔傑夫婦已經在座，傅華跟鄭莉、崔傑點頭示意。

崔傑說：「傅主任姍姍來遲，還真是忙碌。」

傅華笑說：「崔司長就是愛開我玩笑，我不過有點事情耽擱了。」

徐筠把傅華帶來的葡萄酒放到了茶几上，笑著說：「趙婷和傅華帶的是澳洲的澳丁格貝西拉乾紅，很不錯啊。」

趙婷一眼就看到了茶几上放了一瓶拉菲，說：「徐筠姐，比起這瓶拉菲，我們帶來的酒真是不值一提了，這誰帶來的？」

鄭莉笑了，說：「還會有誰，徐筠疼她家的老董，特地專門買來的。」

徐筠笑說：「也沒什麼，這個是去年才出的，比起八二年的酒王還是有段距離的。」

趙婷很識貨，立即說：「那也是價格不菲，拉菲酒向來以昂貴著稱，今晚算是來對了。」

鄭莉笑說：「你別眼睛專門盯著最貴的酒，崔司長帶來的瑪歌紅亭也很不錯。瑪歌酒莊向來以優雅迷人與濃郁醇厚著稱。」

崔傑看鄭莉誇他帶來的酒，便說：「鄭小姐不要光說我了，你的木桐赤霞珠也不錯啊，這裏面，木桐的酒標是最漂亮的。」

傅華笑笑說：「各位都是出手不凡，教各位這麼一比，我和趙婷這瓶澳丁格貝還真是有點拿不出手了。」

崔傑接口說：「傅主任，你不要妄自菲薄了，你們拿的澳洲紅酒跟我們拿的法國紅酒是兩種風格，你們的酒代表著年輕時尚，我們的酒代表經典傳統。其實，我更想先品嘗的就是這瓶澳洲紅酒。」

董昇笑笑說：「那我們就先開這瓶澳丁格貝吧。」

董昇就開了給眾人斟了。鄭莉品了一口，驚訝的說：「還真是不錯啊，入口圓潤、微熱，適宜的酸度，使其具有綢緞般的口感。餘味長，甘草與橡木的味道在口中縈繞不絕。我還是第一次喝澳洲紅酒，想不到這麼好。」

趙婷聽鄭莉誇獎自己帶來的酒，十分的高興，笑著說：「鄭莉姐，你真懂葡萄酒。」

董昇也品了一口，說：「還真是不錯啊，我看比拉菲要好啊。」

傅華看到徐筠的臉上有些不是滋味，他覺得董昇這麼說，有點不太顧及徐筠的感受，心中很不以為然，即使真是如此，徐筠辛苦為他舉辦這場派對，就是為了體貼徐筠，也不應該拿徐筠的拉菲跟澳丁格貝比較。

傅華感覺董昇有點故意貶低徐筠的意思，便圓場說：

「這酒好就好在很多人還沒喝過，一喝就給人一種耳目一新的感覺，其實離五大酒莊，尤其是離拉菲酒王還是有些距離的。」

聽了傅華的話，徐筠的臉色才好看了一些。眾人各自取食徐筠準備好的佐酒菜，開始邊品酒邊閒聊。

傅華想起那天江宇說到的關於外資購買內地礦業可能有所限制，便問董昇：「董律師，那次我陪伍奕去香港，那邊的人說外資購買礦業企業怕有所限制，伍奕這次到香港借殼上市，到時候不會被卡住吧？」

董昇笑說：「這裡有商務部的專家在，你問他吧。」

崔傑笑著說：「有限制就申請核准吧，這一部分國家雖然在控制，可是並沒有說一刀卡死，還是有餘地。再說，就是因爲有限制才好啊。」

傅華愣了一下，問道：「怎麼會有限制才好？」

董昇笑笑說：「有限制才會有人需要運作，有人需要運作，才會給這個社會產生效益啊。」

傅華心中明白了，有限制才會給某些掌控這方面權力的人士有獲利的空間，有獲利的空間才能產生效益。他看了看崔傑和董昇，恍惚知道爲什麼這兩個人關係這麼親密，在一起打高爾夫，在一起開紅酒派對，這是因爲兩人基本上就是一種親密的合作夥伴關係。董昇之所以在企業併購這個行當中赫赫有名，估計是離不開崔傑這個商務部的實力人物的支持的。傅華笑笑，沒再問下去。

徐筠這時看著鄭莉，笑說：「鄭莉，你可要抓緊了啊。」

鄭莉說：「我抓緊什麼，沒頭沒腦的。」

徐筠說：「你看我們都一對一對的，只有你形單影隻，應該趕緊找另一半了。」

傅華看徐筠哪壺不開提哪壺，生怕惹禍上身，連忙低下頭裝作吃菜，不敢抬頭看鄭莉。

鄭莉因爲趙婷在場，也不敢看傅華，笑著捶了徐筠一下，說：「你別皇帝不急太監急了，該有的時候總會有的。」

徐筠笑罵道：「你敢罵我是太監，真是不要命了。」說著就去搔鄭莉癢，鄭莉笑得花枝亂顫，只好使勁抱住了徐筠，說：「好啦，好啦，我怕了你了。」徐筠這才停了下來。

鄭莉問：「你別光關心我，你跟你們家老董在一起也有一段時間了，什麼時候請我們吃喜酒啊？」

徐筠聞言，說：「這要看我們家老董什麼時候想娶我啦。」

鄭莉轉頭問董昇：「董律師，你打算什麼時候娶我們的徐筠姐啊？」

董昇愣了一下，隨即說：「澳丁格貝喝的差不多了，下一瓶大家準備喝什麼啊？」

鄭莉也呆了一下，她沒想到董昇會顧左右而言他，疑惑的看了一眼徐筠，想從徐筠那裏尋找答案，見徐筠卻是滿臉的熱望，知道她很期待董昇的答覆，不免暗自感嘆多情女子薄情郎，便想爲徐筠出頭，逼著董昇給徐筠一個滿意的答覆。

鄭莉盯著董昇的眼睛，繼續追問道：「董律師，你沒聽清楚我問你什麼嗎？你什麼時候準備娶徐筠姐啊？」

董昇此時避無可避，看了一眼徐筠，然後冷冷的說：「我目前沒有這個規劃。」

全場的溫度頓時降到了冰點，徐筠臉上掛不住了，她看著董昇，問道：「老董，你這話是什麼意思？」

董昇一再被追問，也有些火大，便叫道：「我說的可是中國話，你聽不懂嗎？那我再說一遍，我沒有想娶你的意思。」

崔傑這時瞪了董昇一眼，說：「老董，你這是怎麼說話的，徐筠跟了你這麼久了，你總要給人家一個交代啊？」

「我要交代什麼啊？我跟你說，徐筠，你不要對我這麼好，我也不高興別人對我這麼好，而且我並沒有要娶你的打算。」

在座的人都愣住了。徐筠眼睛裏已經含著淚了，她強忍著叫道：「那你跟我住在一起算什麼？」

董昇道：「大家都是成年人了，有需要就住到一起，難道一定要結婚啊。」

徐筠再也控制不住自己，眼淚終於流了下來，叫了一聲：「你混蛋！」轉身走到門口，打開門跑了出去。鄭莉和趙婷心疼徐筠，立刻跟著追了出去。

崔傑的老婆說道：「老董，我覺得你也太過分了，你還不去追？」

董昇卻倔強的說：「追什麼追，她愛跑就讓她跑好了，我又不求她什麼。」

崔傑生氣地說：「你怎麼回事啊，你不要以為你的前妻對不起你，你就對女人有報復心理，徐筠對你多好啊，你過生日，人家特別買酒王給你慶祝，你還要幹什麼？」

董昇說：「我不稀罕。」

傅華說：「董律師，女人是要哄的，你別這個樣子了，趕緊去哄她回來吧。」

董昇卻絲毫沒有去追的意思，反而站了起來，說：「別管她了，說到酒王，還有拉菲沒開呢，來，我們別浪費了。」

崔傑夫婦再也看不下去了，兩人站了起來，就要離開。

董昇挽留道：「老崔，別為了一個女人就要走啊。」

崔傑瞪了董昇一眼，說：「什麼為了一個女人，我是看不過你這種對人的態度，人家徐筠對你多好，你的心怎麼這麼冷啊？」

董昇說：「我又沒叫她對我這麼好，她越對我好，我心裏越煩，她對我好不就是想要我娶她嗎？我現在對婚姻都有一種恐懼感了。」

傅華見趙婷和鄭莉出去這麼久也沒把徐筠追回來，知道她們回來的可能性不大了，便也站了起來，說：「董律師，我要先走了。」

說完，傅華率先離開了董昇的家。

崔傑夫婦跟在傅華的身後也離開了，董昇在背後說：「你們真是的，派對才剛剛開始啊。」

到了樓下，趙婷和鄭莉正在徐筠的車裏勸說徐筠回去，見傅華和崔傑夫婦卜來了，卻沒看到董昇，趙婷便下車問傅華：「老公，董律師呢？」

傅華苦笑了一下，說：「他不肯下來。」

趙婷火了，叫道：「什麼東西啊，人家徐筠姐這麼辛苦爲他辦生日派對，他氣壞了人不說，還擺架子！不行，我要上去跟他理論去。」

說完趙婷就要衝進大樓去，傅華連忙一把拉住了她，說：「你別火上澆油了好不好。」

崔傑這時走到車旁，說：「徐筠啊，你也知道老董是什麼情況，我看這樣吧，你體諒體諒他，先回去吧，等過兩天大家都冷靜下來了，我讓老董去給你賠禮，好嗎？」

徐筠抬起頭來，眼睛已經哭得有點紅腫，「崔司長，不好意思，我今天有點失態了。」

崔傑笑笑說：「你別這樣，又不是你的錯。聽我的話，你先暫且回去吧。」

傅華也勸說道：「徐筠姐，我看董律師是對婚姻還有些恐懼感，倒不是對你有什麼意見，你聽崔司長的話，留點空間給董律師，我想董律師不是不講情理的人，他很快就會想通的。」

徐筠說：「算了吧，也許我跟他之間真的有問題，你們不用勸我了，我決定跟他分開算了。」

崔傑的老婆勸說道：「別呀，徐筠，其實老董對你還是很喜歡的，他離婚之後就把你帶給我們這些朋友認識，這說明他心中是很重視你的，你再給老董一點時間吧。」

徐筠搖了搖頭，說：「算了，我徐筠還沒到求人娶我的地步，我跟老董交往是想有個結果的，既然他不能給我這個結果，還是早點結束，省得大家都受傷害。」

說完，徐筠發動了車子，說：「我要回家了，不好意思，這場派對沒開好。」

鄭莉問：「你自己一個人回去沒事吧？」

「好了，鄭莉，我的個性你又不是不知道，這點小事我還擔得起的。」

「那你回家了給我電話。」

徐筠點了點頭，開著車子離開了。

崔傑夫婦見徐筠離開，跟傅華等人招了招手，也開著自己的車離開了。

傅華問鄭莉：「你知道這個老董究竟是怎麼回事嗎？」

鄭莉說：「我聽徐筠說過，這個老董很愛他的前妻，對他的前妻十分好，可是他前妻不知道怎麼了，身在福中不知福，竟跟她的一個同事關係曖昧，終於有一天被老董撞上了兩人偷情，老董無法接受，只好離婚。離婚後，老董仍舊情難忘，一直爲情所苦。後來在朋友的聚會中遇到徐筠，徐筠是因爲丈夫不忠而離婚的，二人慢慢互生好感，就住到了一起。」

傅華苦笑說：「徐筠這不是自討苦吃嗎？老董的癡情是對他的前妻，可不是對她。」

鄭莉說：「有時候愛是不由自主的，徐筠總以爲有一天能打動老董，讓老董對她癡情的。」

趙婷同情說：「這種事很難說的，恐怕老董會不斷地拿前妻跟徐筠姐相比較，徐筠姐再怎麼好，怕是還會被老董挑出毛病的。不過幸好徐筠姐自己想開了這一點，決定結束這段沒結果的感情。」

傅華搖了搖頭，他看徐筠從樓上跑下來卻遲遲不肯離開，說明她心中對老董尚且抱有一絲希望，便說：「徐筠真能做到跟老董分開嗎？我看很難。」

鄭莉也搖搖頭說：「這次我看徐筠真是陷得很深，希望她能下得了這個決心。好了，我也要回去了。」

鄭莉開車離開了，趙婷不滿的說：「你們這些臭男人真是的，徐筠姐對老董多好啊，他怎麼一點都不領情，看他文質彬彬的，想不到是這樣的人。」

「其實，我覺得錯也不完全在老董，徐筠對老董是太好了，好到老董有點無法接受。」

「怎麼，女人對你們男人好也錯了？」

傅華笑說：「女人對男人太好，男人會覺得壓力很大，想要一點自己的空間。」

趙婷看了看傅華，故意問：「你這麼說，是不是也想要自己的空間啊？」

傅華笑說：「嘿嘿，你誤會了吧，我是說老董，又不是說自己。」

「我看你是有感而發。」

「哪裡，我和他們不同，我們就應該好得密不可分。」

趙婷笑了，說：「算你會說話。老公，我明天要不要去看看徐筠姐啊？我看她今天這個樣子還真可憐。」

「你想去看就去看吧，不過我可提醒你啊，多撮合，少給我棒打鴛鴦啊。」傅華提醒趙婷說。

「爲什麼，我倒覺得像老董這樣的人，早點離開才是對的。」

傅華說：「老話說，能拆十座廟，不破一樁婚。再說，情人之間鬧意見，往往床頭打架床尾合，你叫徐筠離開老董，到頭來她如果和老董和好了，大家都是鄰居，到時候會不好意思的。」

趙婷說：「這倒也是，好吧，我聽你的，多勸他們和好就是了。」

第二天，趙婷一早就約了鄭莉一起到徐筠家裏。

徐筠已經沒有昨天難過的樣子了，見到二人，笑笑說：「我正想打電話給你們呢，沒想到你們卻找上門來了。」

趙婷看徐筠好多了，便說：「徐筠姐，你沒事就好了，我還一直擔心你，所以約了鄭莉姐一起來看你。」

徐筠笑笑說：「傻妹妹，你擔心什麼，我沒那麼脆弱的。」

鄭莉上下打量徐筠，從徐筠的臉上看出一絲淡淡的憂鬱，知道徐筠是一個要強的人，現在只是強行掩飾著自己，便笑笑說：「你能看開就好，說吧，你找我和趙婷有什麼事啊？」

徐筠說：「要麻煩你們兩位陪我跑一趟，我有很多東西還在老董家裏，要去拿回來。」

趙婷想起傅華讓自己勸和的話，便說：「徐筠姐，你是不是先冷靜一段時間再說啊，我看你跟老董之間相處的很好，可能他只是一時不想結婚，等過了這段時間，說不定就改變主意了。」

徐筠笑說：「小婷，你什麼時間變得這麼婆婆媽媽了？這可不像你的風格。」

趙婷不好意思地說：「昨晚我老公跟我說要多勸和的。」

徐筠笑笑：「我知道傅華是好心，可是昨晚老董都那種態度了，我再留下去也沒意思。」

鄭莉說：「你能斷得了嗎？」

徐筠苦笑了一下，說：「我徐筠什麼時候受過這種氣啊？從來都是我給別人氣受的。走，跟我去收拾東西去。」

三人去了笙篁雅舍，徐筠有董昇家的鑰匙，開了門，沒想到董昇沒有去上班，還在家裏。董昇看到三人，立刻陪笑著說：「你們來了。」

徐筠黑著臉走了進去，說：「你放心，老董，我不是要賴著你，我是來收拾我自己的東西的。」說著，就開始收拾起自己的物品來。

董昇上前攔住了徐筠，討好地說：「你還在生我的氣啊？我想了一晚，昨天是我不對，你知道我對結婚這件事有些過敏，筠，你別生氣了，再給我一段時間好不好，讓我有個緩衝？」

趙婷和鄭莉看董昇表現出和昨晚截然不同的態度，都有些發愣。

第九章

# 官僚作風

孫永說：

「工人同志們，我先跟你們道個歉，我的官僚作風太嚴重了，直到今天才知道你們生活的艱辛。現在你們的困難我已經知道啦，我絕對不能坐視不管，我會馬上召集相關的人員會議，研究解決你們的困難。」

鄭莉有些不太相信的說道：「董律師，你這是搞什麼，昨晚你那是什麼態度啊？根本就讓徐筠下不來台。」

董昇陪笑著說：「不好意思，不好意思，我昨晚確實過分了，我道歉，我願意道歉。」

趙婷說：「豈止是過分，你那樣根本就是想趕徐筠姐走，對不對啊，徐筠姐。」

徐筠眼圈紅了，把頭扭了過去。

董昇雙手合什，央求道：「兩位姑奶奶，我已經知道錯了，我這不是在道歉嗎？你們是不是幫我說幾句好話啊？」

趙婷說：「你讓我們怎麼說好話？你昨天可是傷害徐筠姐很深的，說幾句話就想把事情遮掩過去嗎？」

董昇看看徐筠，又看看趙婷和鄭莉，說：「我知道自己錯了，好吧，你們說，要怎麼懲罰我才能讓你們解氣？」

鄭莉說：「董律師，不是讓我們解氣，是讓徐筠姐解氣，你起碼要讓她感受到你的誠意吧？」

「好，我就讓你們看看我的誠意。」董昇撲通一聲跪了下來，向徐筠說：「筠，我知道錯了，你說要怎樣才能原諒我？現在除了結婚，我什麼條件都能答應你。」

徐筠慌了，趕緊伸手去拉董昇：「老董，你這是幹什麼，快起來，鄭莉和趙婷都看著你呢。」

董昇說：「你不原諒我，我不起來。」

徐筠說：「老董，我跟你交往是以結婚爲目的的，你如果不想跟我結婚，我們繼續交往下去就沒什麼意思了，你還是讓我離開吧。」

董昇求說：「筠，你是知道我原來那段婚姻的情況，我受的傷害很深，還需要一段時間忘記過去，你就再給我一段時間吧。」

徐筠拉著老董說：「不管怎麼樣，你先起來，叫鄭莉和趙婷她們看著像什麼樣？」

老董轉頭對鄭莉和趙婷說：「兩位，你們是不是可以先離開一下，讓我和徐筠好好談一談？」

鄭莉和趙婷看了看徐筠，徐筠沒說什麼，只是把頭轉了過去，不看兩人了。鄭莉和趙婷知道徐筠已經心軟了，都搖了搖頭。

鄭莉說：「徐筠啊，我們先出去等你了。」

徐筠還是不言語，鄭莉和趙婷就離開了董昇家，在樓下的車裏等著。

鄭莉搖搖頭說：「這個徐筠，怎麼立場這麼不堅定啊？」

趙婷說：「我看她根本就是離不開老董，真是沒骨氣。」

兩人在車裏悶坐了一會兒，鄭莉的手機響了，一看是徐筠的號碼，徐筠說：「鄭莉，你和小婷不要等我了。」

鄭莉明知故問地說：「怎麼不搬東西了？」

徐筠不好意思的說：「我跟老董談過了，可能我有點逼他逼得太緊了，他說需要一點時間，我答應了。」

鄭莉說：「你啊，立場怎麼變得這麼快，叫我說你什麼好呢？」

徐筠說：「嘿嘿，不好意思啊，改天請你們吃飯當賠罪好了。」

「隨便你了。」

鄭莉掛了電話，跟趙婷說：「人家和好了，沒我們的事了。」

趙婷笑說：「還真叫傅華說對了，他們還真是床頭打架床尾和了。」

鄭莉不解地說：「我總覺得怪怪的，爲什麼老董的態度轉變的這麼快啊？昨天當著那麼多人面前那樣子，分明是要和徐筠分手的樣子，可是今天爲了哄回徐筠，竟然給徐筠跪了下來，這一切變化得也太快了吧？」

趙婷也說：「是啊，我也覺得這個董律師有點不正常，沒見過一個男人變臉變得這麼快的。他是不是想對徐筠姐怎麼樣啊？」

鄭莉說：「別瞎說了，老董也是有社會地位的人，又懂法律，他能對徐筠怎麼樣啊？」

兩人嘀咕了半天，也沒討論出個啥，就在樓下分手了，鄭莉回她的公司，趙婷沒什麼事，打電話問傅華在哪裡，傅華說在工地，就開車去了工地。

同一時間，海川，市委書記辦公室裏。

孫永煩躁的在走來走去，他嘴唇上起了一個偌大的膿包，動一動就很疼，又是在臉部的敏感地帶，碰不得擠不得。搞得他十分的難受，一如他現在對徐正的感受。

孫永越來越感受到徐正的威脅，徐正籠絡住常務副市長李濤之後，很快就以李濤作爲基礎，順利的接收了原本跟隨曲煒的部屬，曲煒的部屬因爲對孫永利用王妍逼走曲煒一直耿耿於懷，徐正的到來讓他們找到了新的效忠對象，成爲可以跟孫永分庭抗禮的一股勢力。

而徐正也確實做得很不錯，以其幹練的做事風格，很快就在海川做出了成績，他的新機場規劃得到了郭奎大力支持，市政府已經爭取東海省省發改委同意向民航華東局提請，將海川新機場項目調整進入國家機場建設規劃；同時，東海省政府也已經同意將新機場項目列爲全省拉動內需重點項目之一，將會在資金和政策上給予重點扶持。

同時，跟融宏集團的的第二期投資談判進展順利，徐正因爲一開始上任的時候，忽視過融宏集團，被陳徹小小地懲戒了一下，為了扭轉給陳徹和省長郭奎造成的惡劣印象，他答應了陳徹提出的十分苛刻的條件，並且馬上就雷厲風行的實施了。從第二期談判簽約開始，一個月之內就完成了開工立項，三個月就按合同約定，提供了融宏集團新項目開工所需要的廠房，並且讓所需的工人到位，使融宏集團得以及時開工。

陳徹對這一速度也十分的驚訝，在第二期投資項目正式投產的時候，親臨到海川主持了投產典禮，並且當著來參加典禮的郭奎的面，大大稱讚了徐正一番。郭奎也當面表揚了徐正，對徐正怠慢融宏集團的不滿也一掃而空。

有了這些政績的支持，徐正在海川做起什麼事情來，全然是一副理直氣壯的樣子，孫永感覺他越來越不把自己放在眼中了，甚至有些事情做得比曲煒在海川的時候還過分。

孫永心中暗自叫苦不迭，他沒想到整走了曲煒，卻換來了一個更厲害的對頭，甚至鋒頭更勁。

還有一樁令孫永煩心的事情，就是吳雯在海川隆重的亮相。原本他並不是很在意這件事情。可是一個令他不想看到的局面出現了，西嶺賓館因為那次重新開幕典禮，成了海川的熱點之一，賓館前整天車水馬龍，一副熱鬧的景象，甚至徐正也成了西嶺賓館的常客，市政府的一些活動經常會安排在西嶺賓館。

孫永很不願意看到吳雯和徐正走得這麼近，他雖然認為王妍賄賂自己的那段事情吳雯並不知情，但是難保吳雯會知道點什麼，這樣的人跟自己的政敵走得這麼近，並不是一件能夠讓人放心的事情。

而且，孫永還有一個不可見人的想法，他對吳雯始終沒有失去想要染指的渴望，但這個美麗的女人身邊接二連三出現的人物都不可小覷，這種想要卻不能要的狀況，讓他內心十分的煎熬。

這些事情都讓孫永憋了一肚子邪火，很想找個管道發洩一下。偏偏這段時間徐正做什麼都很規矩，讓想要打擊他的孫永一直找不到機會，生生一口火頂到了臉上，冒出了這個膿包。

門敲響了，馮順走了進來，說：「孫書記，到時間去參加市作協的座談會了。」

孫永收拾好公文包，遞給馮舜，兩人就離開辦公室往外走。馮舜說：「孫書記，車停在後面，我們從後門出發。」

孫永不高興地說：「為什麼要走後門啊？」

馮舜說：「剛才門衛說前門被抗議的工人堵住了。」

孫永問道：「怎麼回事啊，工人為什麼抗議啊？」

馮舜說：「是海通客車的工人，他們說廠裏的工資早就應該調整了，可是市政府一直壓著不讓漲，搞得他們的工資只夠最低工資標準，他們想來市委問一問，他們本來是國營大廠，爲什麼卻沒有跟國營大廠相匹配的工資。」

孫永說：「既然是工資，應該是市政府管理的，他們要鬧，爲什麼不去市政府鬧去？」

馮舜說：「據說他們去過市政府了，李濤副市長答覆說儘快解決，可是工人們等了一段時間就沒下文了，他們就來市委了。」

孫永說：「沒通知市政府過來解決問題嗎？」

馮舜說：「市委辦公室已經把情況跟市政府那邊通報了。」

孫永沒再說話，一會兒電梯到了一樓，孫永走出了電梯，徑直往前門走去，他忽然覺得這是一個很好的修理徐正的機會。

馮舜還沒搞明白孫永的意圖，在後面說：「孫書記，車在後面呢。」

「什麼後面，我們這些黨的幹部什麼時候要躲著人民群眾了？群眾有了問題，就是需要我們去解決的。」

馮舜見孫永要出面去見工人，連忙快走幾步，衝到了孫永前面。

市委大門口，一群工人密密麻麻的靜坐在大門前，堵住了大門，讓出入的車輛無法通行，一條橫幅拉在工人的前面，上面寫著：「按照國家的規定漲工資，維護工人的合法利益。」

馮舜很快走到工人面前，衝著工人叫道：「工人同志們，市委書記孫永同志來爲大家解決困難來了。」

工人聽說市委書記來了，便紛紛站起來圍了過去。保安見狀，爲了保護孫永，連忙跟過來圍在孫永身邊。

孫永推開了保安，對工人說：「工人同志們，你們好，我是市委書記孫永，你們有什麼情況可以向我來反映。」

人群中便有人叫道：「孫書記，我們工人真是苦啊，辛辛苦苦幹了一個月，就拿那麼點工資，現在物價那麼高，我們維持生活都很困難。人家是人，我們也是人，其他國營廠工資已經調漲幾次了，可我們這麼多年都沒動過，你們還讓不讓我們活了？」

這時，李濤從外面趕了過來，連忙跑到孫永面前，說：「孫書記，我來了，這件事情交給我來處理吧。」

孫永一臉嚴肅，毫不客氣的斥責道：「李副市長，交給你來處理？工人同志們如果信任你們，又怎麼會找到市委來了？你退後。」

李濤被說得滿臉通紅，退到了一邊。

孫永說：「工人同志們，我先跟你們道個歉，我的官僚作風太嚴重了，直到今天才知道你們生活的艱辛。現在你們的困難我已經知道啦，我絕對不能坐視不管，我會馬上召集相關的人員會議，研究解決你們的困難。」

工人中有人問道：「孫書記，你真的能幫我們解決問題嗎？別像李副市長那樣敷衍我們。」

孫永神態堅決的說：「你們放心，如果三天之內這個問題沒有解決，你們再來找我孫永。」

工人們熱烈的鼓掌，馮舜向人群擺了擺手，說：「工人同志們，請安靜下來，這裏是市委辦公的地方，你們堵在這裏會影響市委的辦公秩序的。現在孫書記已經答應你們解決問題了，你們就先回去吧。」

工人們三三兩兩的離開了。

看著工人離開了，孫永看看一旁的李濤，臉色鐵青的說：「李副市長，麻煩你通知徐正同志，讓他馬上召集相關部門的責任人到市委來開會。」

李濤說：「好的，我馬上通知。」

半個小時之後，徐正帶著勞動局和財政局等相關部門的負責人，以及海通客車的廠長辛傑，匆匆忙忙來到了市委會議室裏，孫永已經一臉嚴肅的等在那裏了。

看相關人員都到齊了，孫永咳嗽了一聲，說：

「今天海通客車的工人們把市委的大門給堵了，向市委反映情況，我聽了聽，感覺問題很嚴重，很多工人同志拿那點工資，連正常的生活維持都很困難。海通客車的問題到了必須要解決的時候了。現在我們有些同志只把目光放在那些能出政績的事情上，能出政績的事情拼命的去做，這類民生疾苦的事情困難重重，不好解決，不能出政績，就不管不問。我覺得這個態度是很成問題的，有點本末倒置。群眾真正需要我們解決的，是他們的溫飽問題，如果連老百姓的溫飽都解決不好，又談什麼政績啊？」

徐正馬上聽出了孫永話中的弦外之音，孫永這是在訓斥他，說他只顧政績，不顧民生疾苦。不過孫永說的，他無從反駁，也不能反駁。

孫永看了看海通客車的廠長辛傑，問道：「辛傑同志，我想問你一下，爲什麼海通客車的工人工資幾次應該調漲，市裏都壓著不給他們漲？問題究竟在哪裡？」

辛傑說：「是這樣，海通客車這幾年經營不善，根本是虧損狀態，只能勉強維持發上工資，根本就沒有能力調漲。這個問題由來已久，甚至成於曲煒同志在任之前，是一個歷史遺留的老問題。」

孫永火了，狠狠地拍了一下桌子，叫道：

「什麼歷史遺留問題，這是推卸責任，不要什麼都往歷史遺留問題上扯。這根本上是一個民生艱困的問題。我們在座的這些同志，每個月都拿著高薪，出行有車，每天大魚大肉，可曾想到這些工人辛辛苦苦，每個月只賺那麼一點微薄的收入，連維持基本的生活都不夠。我們這些幹部要捫心自問一下，對他們的困境有沒有感同身受？我聽了他們的境況，是感到很心痛的。徐正同志，你到海川來已經有些時日了，你有沒有認真的考慮過海通客車的問題？我記得曲煒同志調走之前，已經做了一些工作，怎麼又停頓了下來？你來了之後，有爲海通客車做過什麼嗎？」

李濤見孫永炮火直衝著徐正，心中有些憤憤不平，插嘴說道：「孫書記，這個事情我要說明一下，當初曲煒同志還在海川的時候，有關百合集團併購海通客車的談判是由我負責的，後來因爲雙方對企業的控制權方面有所分歧，談判就陷入了僵局。徐正同志一來，就爲了新機場規劃和融宏集團的事情忙得不可開交，沒有時間處理海通客車的事，所以這件事就擱置了下來。要講有責任，這個責任應該由我來付。」

孫永說：「我現在不是想追究那個同志的責任，我是想問一下，我們這些幹部對人民群眾應該有一種什麼樣的態度。是解決民生疾苦重要，還是出政績重要？我認爲新機場和融宏集團的事情可以一步一步慢慢解決，可人民群眾生活艱困，他們是深有感受的，這個問題你不解決，讓他們怎麼看我們的政府，怎麼看我們這些幹部？」

孫永越發無限上綱，徐正心中雖然十分惱火，也只能接受他的批評，當著這麼多人又不能沒有個表態，就看了看孫永，說：

「孫書記批評得很對，我們這些黨的幹部就是應該把民生疾苦放在首位。海通客車的事情確實是市政府的疏失，也是我這個當市長的失誤，這個責任應該由我來承擔，我向市委檢討。」

徐正低頭認錯，讓孫永心中十分舒坦，心想我也殺殺你的威風，但表面上他還是一臉嚴肅的說道：「徐正同志這個態度是很正確的。不過目前當務之急不是追究誰的責任，而且切實解決問題。徐正同志，這是市政府分管的事務，你拿個辦法出來吧。」

徐正想了想，說：「是，依我看，讓財政部先想辦法籌措一部分資金，給海通客車的工人們漲一點工資，安撫安撫他們的不滿情緒。同時，海通客車的問題也需要從根本上予以解決。我覺得在解決海通客車的問題上，我們需要放開手腳，不要老糾纏在什麼企業的控制權上面，我們現在雖然百分之百掌控海通客車，可是我們卻沒有能力拯救這個企業。孫書記，您看只要對方有能力拯救海通客車，我們是不是可以在控制權方面做些讓步？」

孫永愣了一下，徐正要他表態支持海通客車談判上放開手腳，尤其是可能放棄掉控制權，這怎麼看怎麼像是一個陷阱，孫永相信只要自己一表態，日後海通客車的併購出了什麼問題，他首當其衝的就要承擔責任。可是不表態吧，自己剛剛慷慨激昂的說要解決民生疾苦，現在卻在最關鍵的問題上不置可否，變成了縮頭烏龜，在場的這些官員們都很精明，心裏跟明鏡似的，這會讓今天這次會議變成一次大笑話。

孫永暗罵徐正狡猾，不過他是政治老手了，豈能被徐正這小小的伎倆難住。他笑了笑說：「徐正同志，海通客車是你們市政府的直屬企業，如何處置應該由市政府決定。再說，關於併購的具體情況我並不是很瞭解，不能盲目的去下判斷。但我想我們應該本著這樣一個原則，只要符合人民群眾的利益，有利問題的解決，就應該去做。你說呢？」

這下子輪到徐正心中暗罵孫永狡猾了，徐正不是沒想過海通客車面臨的問題，可是要想打破跟百合集團談判的僵局，關鍵就在於海通客車的控制權的問題。這不是幾十萬或者幾百萬甚至幾千萬的資產，這是海川市十幾億的投資，一旦有什麼閃失，責任肯定不會輕。

徐正不敢貿然下這個決定，因此想借今天孫永向自己發難之際，逼著孫永對控制權這件事情表態，只要孫永作了表態，他或者堅持或者放棄控制權，不論有什麼結果，都可以由孫永來承擔責任，就算不是全部責任，最起碼也是共同責任。

沒想到孫永也不是省油的燈，說了幾句不乾不濕很原則的話，就把問題四兩撥千金的化解了。

歸根結底，孫永的意思是，即使將來出了什麼問題，責任還是應該由市政府方面來承擔，他是不想擔責任的。實際上還是回避了作出明確的表態。

但孫永可以回避問題，徐正卻不能回避這個問題，海通客車終究是海川市政府的直屬企業，問題已經擺在那裏，他必須予以解決。

徐正心說：我可不管你回避不回避，這麼大的麻煩不能我獨自去解決，我怎麼也要把你拉進這件事情裏來，反正你說了，只要符合人民群眾的利益，有利於問題的解決都可以去做，那我就當你是支持我放開手腳的，便笑笑說：

「孫書記既然做出了重要指示，海通客車的問題，我們市政府一定會認真研究，在孫書記的指示精神框架裏確保問題得到很好的解決。」

孫永心想我做了什麼重要指示了？你這傢伙不過就是想把我拉進這潭渾水裏罷了，可是他也無法去分辯說自己並沒有作出指示，便說道：

「那好吧，希望你們市政府方面早一點拿出解決方案，我可是跟海通客車的工人同志們做出過承諾的，不想再看到他們出現在市委的大門口。散會。」

孫永說完，拿起自己的東西就離開了會議室。

徐正和李濤也收拾了一下自己的東西，一起離開了。

回到市政府的辦公室後，徐正把相關的責任人一起叫了過來，財政局長先作了彙報，徐正就讓財政局長從自己的市長基金裏撥出八百萬，先想辦法給工人調高一級工資。做好了安排，徐正把其他人都打發走，把李濤留了下來。

看別人都離開了，李濤看了看徐正，說：「今天這個陣勢，孫永可是直衝你來的。」

徐正苦笑說：「沒辦法，這一次他抓住了理，我也只能讓他發作發作了。老李啊，海通客車的問題也確實到了應該解決的時候了，百合集團現在有沒有什麼動靜啊？」

李濤說：「前段時間，駐京辦主任傅華倒是打過電話來，說高豐想要恢復跟我們之間的談判，可是當時我們忙於新機場規劃和融宏集團的二期投資，沒有時間顧及海通客車。我想提高一下我們的議價能力，就跟傅華說，省裏的君利集團也想併購海通客車，市政府還在評估哪一方併購比較有利，暫時不想恢復談判。」

徐正說：「老李，你這個花招玩得並不高明，君利集團有沒有實力兼併海通客車，高豐肯定心裏有數。」

李濤不好意思的說：「是啊，高豐聽到這個答覆，當時就說什麼時間我們想要重啓談判，讓我直接找他就好，人家根本就沒拿君利集團當回事情。」

徐正笑笑說：「這些商人都很精明，你玩不過他們的。眼下我們找不到別的更好的買家，還是要跟百合集團恢復談判才行。」

李濤說：「行，我可以低低頭給高豐去個電話，說我們願意跟他們重啓談判。」

徐正搖了搖頭，他擔心上次讓傅華約陳徹被拒絕的事情重演，那樣市政府怕要付出更大的代價，便說：「這個電話你別打，讓傅華去打，你就跟傅華說，市裏面安排他通知百合集團，我們願意跟他們恢復談判。」

李濤笑笑說：「還是我打吧，也顯得我們有誠意。」

徐正說：「不是誠不誠意的問題，而是你如果出面了，高豐會更覺得有心理優勢。就讓傅華去安排吧，反正高豐當初也是通過傅華來向我們傳話的。」

李濤說：「那如果高豐不願意恢復談判呢？」

徐正說：「你可不要只讓傅華做傳傳話的工作，你跟他強調一下事情的急迫性，要他一定想辦法促成百合集團和我們恢復談判。傅華這個人有時候工作的主動性還是差一點，你不跟他強調，他就會敷衍你的。」

徐正又想到了他當初想要拜訪陳徹的事，他始終認為傅華那次並沒有盡力把事情辦好。

在北京，海川大廈的工地上。

趙婷見到了傅華，笑著說：「你知道剛才發生了什麼事嗎？」

「看你這個心裏不舒服的樣子，不會是徐筠和老董和好了吧？」

趙婷捶了傅華一下，說：「你改行算命好了，還真叫你說對了。」

傅華愣了，「他們真的和好了？這麼快？你和鄭莉行啊，竟然有辦法說服老董跟徐筠和好。你要知道，昨天我和崔傑在上面可是沒少勸他。」

趙婷說：「什麼我和鄭莉行啊，根本不關我們的事，是老董今天早上主動向徐筠認錯的，他爲了挽回徐筠姐，還給徐筠姐下跪了。」

傅華再次感到有些不可思議，昨晚他可是在現場，董昇的態度之堅決，似乎是根本無法改變的，爲什麼經過了一夜，他的態度轉變的這麼快呢？

趙婷看著傅華臉上的困惑表情，笑笑說：

「你也想不通是吧？我跟鄭莉姐嘀咕了半天，也沒想通其中的道理。只能說這個老董翻手是雲，覆手是雨，有點神經不正常了。」

傅華心想：如果沒有外力在其中介入，董昇這麼大的轉變大概也只有用神經不正常來解釋了。不過，傅華很懷疑崔傑在其中起到了什麼作用，看情形，崔傑是很不願意老董和徐筠分手的。

崔傑爲什麼這麼做呢？難道他有什麼畏懼徐筠的地方？

傅華看看趙婷，說：「你跟徐筠認識這麼久了，可知道徐筠究竟是做什麼的？」

趙婷說：「我也不很清楚，只聽鄭莉姐說過她是做生意的，看徐筠家裏似乎很有錢，她的房子差不多有我家大了，要買得起那樣的房子，身價不可能低。」

聯想到徐筠自小跟鄭莉在一個大院長大，傅華心裏猜測這個徐筠肯定是有一定背景的，而這個背景可能讓崔傑感到畏懼，所以他不想董昇惹怒了徐筠，怕惹惱徐筠，後果他們無法承擔。

趙婷看看傅華，說：「你問徐筠是幹什麼的做什麼？」

傅華笑笑說：「沒什麼啦，我只是想給董昇轉變的這麼快找個合理的解釋。」

趙婷說：「那你找到了嗎？」

傅華搖了搖頭，說：「還是沒有。」

趙婷笑了，說：「別去瞎想了，這有什麼不好解釋的，就是董昇不正常。你說這個徐筠也真是的，人家對她那樣，轉眼間她就原諒了，真是賤骨頭。」

「這點我倒是可以理解，感情方面是沒道理可講的，徐筠是真的很喜歡老董才這個樣子的。爲了自己深愛的人，一個人可能做出更愚蠢的事情。」

趙婷笑著問：「你能這麼做嗎？」

「當然了。」

「就會說好聽的。」趙婷嘴上雖然這麼說，臉上卻泛起了甜甜的笑意，她對傅華的答覆很滿意。

傅華的心思卻飄到了別的地方，人真是不可貌相，這個董昇長著一副憨厚的樣子，可辦起事來變來變去，性情飄忽不定，十分的不可靠，現在伍奕委託他辦理併購的事情，可別有什麼差錯啊。

傅華第一次對幫助伍奕搭上董昇這條線感到一絲的不安，他慢慢已經品出了一些滋味，董昇和崔傑之間並不是簡單的前同事關係，董昇傍著崔傑肯定是有目的的，而崔傑處處維護董昇，也說明二人是一種利益聯盟的關係，雖然他目前並不很清楚二人之間具體是怎麼操作的，可是影影綽綽地嗅到了一絲不合法的味道。

可是伍奕的上市行動已經正式開始了，他前幾天還打電話來，說已經收購了一家仙股公司百分之十九點七的股份，他並沒有透露那家公司的名字，他說都是江宇在運作，公司名字不方便讓太多人知道，否則萬一洩露出去，別人會趁機吸納，從而增加他買殼的成本。

既然第一步已經邁出去了，開弓便沒有回頭箭，此時伍奕已經無法回頭了，否則他會損失慘重的。傅華雖然心中有些擔憂，可是也不得不靜觀事態的發展了。

傅華正在擔心著伍奕，手機響了起來，看看是李濤的電話號碼，趕忙接通了：

「您好，李副市長，有什麼指示嗎？」

李濤說：「傅華，是這樣，市裏面想要恢復跟百合集團的談判，你能不能通知一下高豐的高董？」

傅華也估計市政府對百合集團併購海通客車的談判不會拖延太久，因此對李濤這個電話並不意外，笑笑說：「好的，我馬上就跟高豐聯繫。」

李濤說：「有個情況需要跟你說一下，剛剛海通客車的工人們堵住了市委的大門進行抗議，孫永書記爲此很不高興，指示市政府必須儘快解決海通客車的問題，所以這一次你要儘快讓百合集團回到談判桌上，知道嗎？」

傅華聽出了事態的嚴重性，問道：「海通客車的工人們爲什麼要堵住市委大門呢？」

李濤說：「工人們幾次工資都沒調漲，對市政府很有意見，說來也是，他們拿那點工資是夠可憐的。市裏面十分重視這一次談判，認爲必須儘快解決海通客車的問題，徐正市長決定親自督辦。傅華，我希望你能重視這件事情。」

「好的，我會認真處理的。」

下午，傅華撥通了高豐的手機，高豐接通後，立刻笑問：「傅主任，你來找我，是不是你們市裏面準備恢復跟我們集團的談判啊？」

「被高董猜中了，我們市裏面經過評估，覺得還是百合集團更有實力，因此謝絕了君利集團邀約，想恢復跟貴集團的談判。不知道高董現在身在何方?可以馬上就恢復談判嗎？」

高豐笑笑說：「老弟啊，不好意思，我現在在福州，跟一家洗衣機廠談判合作的事宜，一時怕是難以抽身啊。」

傅華愣了一下，驟然間他很難判斷高豐是真的沒時間，還是因爲海川方面提出了一個君利集團惹惱了高豐，高豐故意找個理由來爲難海川方面。

傅華心裏犯難了，他已經答應了李濤，要盡力讓高豐回到談判桌上去，此刻高豐的態度，明顯不是一個願意回到談判桌上的樣子。

傅華決定試探一下高豐的虛實，便半真半假的說：「高董啊，您這樣可是有點小氣了，您是不是因爲君利集團的介入，對我們市政府有些意見了？」

高豐笑笑說：「不是啦，我真的在福州，要不傅主任跟李副市長說一聲，讓他先等一下，我處理完福州這邊的事務，馬上就去海川。」

傅華越發有些懷疑高豐是故意難爲自己，便說道：「高董，我不知道您在福州處理什麼重要的事務，會比你的汽車夢還重要嗎？難道您忘了你要打通客車生產上下游，形成一個產業鏈的遠大規劃了嗎？我怎麼覺得您現在不是那麼急迫了？」

「傅主任，我怎麼聽著像是你比我還急呢？」

傅華覺得不應該再遮掩下去了，他認爲還是開誠佈公的好，便說道：

「對，高董，我跟您說句實話吧，我確實是比您還急，現在海通客車的工人們因爲不滿他們的待遇太低，已經鬧到了市委，我們市政府目前急於解決這個問題。我想這對高董來說，可是一個談判的大好機會啊。」

高豐笑說：「不是單純工人鬧事那麼簡單吧？我聽說你們的市委書記爲了這件事情拍了桌子。」

高豐的訊息竟然這麼快，孫永召開會議是上午的事情，才剛過午飯時間，高豐竟然連會議的細節都知道了。

傅華驚訝地說：「您怎麼知道？」

高豐呵呵笑了起來，說：「併購海通客車可能涉及到十幾億的資產，我在海川沒有一個耳目怎麼能行？」

傅華笑笑說：「看來我的一點小聰明早就被您識破了。」

高豐得意的說：「那是當然。」

「看來你對海川方面的動向一直持續在關注著呢，說明您還是很想併購海通客車的，所以您在福州的事情是不是可以先放一下？您既然在海川有耳目，肯定瞭解我們新市長很想趕快把這個問題給解決掉，可不可以麻煩您現在就移駕海川呢？」

高豐笑笑說：「傅華啊，你們市政府不想談的時候，就給我弄出一個君利集團來，想談的時候就希望我立馬重歸談判桌，好事都是你們的是吧？」

「高董，你跟我岳父是合作夥伴，很自然我覺得跟您之間有一種親切感。所以有些話我覺得可以坦誠的跟您說，您沒意見吧？」

高豐笑了，說：「我如果說有意見，豈不是在跟一個後生晚輩過不去嗎？說吧，什麼話？」

傅華說：「我看您是真心想要這個項目，既然這樣，您要知道一點，就算您將海通客車全部的股份拿到了手，如果離開了地方政府的支持，您還是無法把這個企業經營好；反之，您如果多考慮一下地方政府的利益，我想地方政府給您的回饋，不會少於您的讓步的。當然，您如果真的不想做這個項目，那您怎麼做都是可以的。」

高豐想了想，傅華雖然沒有明說，可是他也知道過於爲難地方政府的官員，說不定將來他們會找機會報復回來的，而且，他也確實很想要拿到這個項目，看來自己的思路是要調整一下了，便說：「好吧，你可以通知海川方面，我處理一下福州的事務，兩天後去海川。」

傅華暗自鬆了一口氣，說：「好的，我馬上就通知他們。」

第十章

# 帳面遊戲

趙凱笑了，說：

「實際上他玩的只是帳面遊戲。首先，他加大了前一年的虧損額，把前一年的部分銷售收入延後入賬；再是他採用了壓貨銷售，根本沒有發生實際交易，只是在帳面上做成商品賣出去的假象。」

兩天後，在海川機場。徐正和李濤親自迎接了高豐，徐正笑著跟高豐握手，說：

「高董，歡迎您。」

高豐也很熱情的說：「徐市長，怎麼好麻煩您親自來接我呢？」

徐正說：「應該的，對來這裏投資發展的朋友，我們海川市政府十分歡迎。」

高豐又跟李濤握手，說：「李副市長，我們又見面了。」

隨即，徐正和李濤將高豐一行人送到了海川大酒店，安置他們住下，然後徐正就告辭說讓高豐先休息一下，晚上他們再過來陪高董吃飯。

晚上，在酒宴上，幾番禮節性的敬酒完後，高豐說：「徐市長，我這次的行程安排很緊湊，我想直接談一下對談判的意見好嗎？」

徐正愣了愣，隨即笑著說：「我這個人做事比較急性子，沒想到高董比我的性子還要急。可以啊。」

接下來高豐的表態，更是讓徐正大大出乎意料之外。

高豐說：「一個好的生意是對生意雙方都有利的，要共贏，這一點我想徐市長不會反對吧？」

徐正笑笑說：「高董說得對，只有讓雙方都覺得有利可圖，這筆生意才有成立的基礎。」

高豐說：「前段時間，我們兩方糾纏於企業的控制權而陷入了僵局，讓談判停了下來，這對我們雙方都是一個很大的損失，不過，也讓我有時間思考了一下，尤其是我把自己換到你們的位置上思考了一下，既然生意要共贏，我們的夥伴要什麼？他們不想要的又是什麼？這樣一思考，我就覺得我可能並沒有全面考慮貴方的利益，而且我認爲，如果繼續堅持之前的觀點，我們的僵局還是無法打破。所以我想我們這方應該做一些改變。」

徐正笑說：「高董說得真對，談判其實是一個雙方協調的過程，只有雙方把自己的意見協調到彼此都可以接受的程度才能達成協議。這個過程自然需要雙方都做些改變的。」

高豐又說：「同時，我也重新思考了海通客車這個項目的定位問題，我覺得僅僅局限於海通客車自身的生產是不行的，應該擴展開來，以海通客車爲核心基礎，把周邊給海通客車配套的廠商也納入，讓這個項目發展成爲一個海通汽車城。」

高豐把整個談判範圍擴大了，他不想僅僅去拯救一個常年虧損的汽車廠，而是想利用海通客車儲備的大量土地，把這次併購擴展成一個汽車城的項目。

這讓徐正和海川市的人員都有些意外，也有些驚喜，意外的是，高豐的調整很突然；驚喜的是，海通客車之所以擁有那麼多土地儲備，原本海川市政府就是規劃要在海通客車爲核心的基礎上，發展成一個汽車城。只是因爲海通客車一開始就虧損，這個宏大的汽車城計畫便胎死腹中。

高豐接著說道：「基於這個新的思路，我們百合集團決定對談判的條件做些調整，一是，我們百合集團願意降低持股比例的要求，可以持股低於百分之五十，相應的出資也要降低。但是我們公司需要掌控海通客車的生產經營權。二是，我們認爲發展海通汽車城可以作爲拯救海通客車的一個重要舉措，也是我們百合集團併購海通客車，不，現在說併購就不對了，應該是合作後的第一個項目，我希望海川市政府能夠支持這個項目，並給予必要的政策扶持。三是，鑑於海通客車目前的經營困難，我們百合集團願意先期支付五千萬資金出來，一來作爲我們願意投資預付的訂金，二來也讓目前的海通客車避免資金鏈斷裂。我聽說工人們已經鬧到了市委，我想這筆資金可以暫且解決他們的困難。條件我擺在這裏了，希望徐市長和各位能夠認真研究一下。」

高豐談的這些條件，在徐正看來對海川市是十分有利的，首先一點，高豐放棄了控股權，這讓徐正這些官員可以說海通客車只是跟私營企業合作，而不是被併購了，沒有改變國有控股企業的性質，也就相應的不存在什麼國有資產流失的問題了。

這是一個很重要的關鍵，徐正是真心想要拯救海通客車這個企業，但這個真心要在不危及他的職務爲前提。他並不是那種大刀闊斧、銳意改革的先鋒人物，他也不想做這種先鋒人物。他知道做這種先鋒人物是備受爭議的，沒有很強的背景，這種人的後續發展並不十分讓人羨慕。

再是一點，高豐願意先支付五千萬出來，這五千萬可以暫時緩解海通客車的困境，可以安撫住海通客車的人心，這是一個很令徐正感到誘惑的條件。至於汽車城的規劃，這原本就是海川市的設想，徐正也有把這個項目做大的想法，百合集團的加入，讓這個想法有了實現的可能。

唯一讓徐正感到困惑的一點就是，這些條件好的令人不敢相信。

徐正說：「高董，我覺得你這一次的方案比之前你跟我們談的轉變很大，我能知道是什麼原因促成你的轉變嗎？」

高豐笑笑說：「其實是你們的駐京辦主任提醒了我。」

徐正原本想試探高豐真實的意圖，沒想到高豐說是傅華發揮的作用，驚訝的問道：「你是說傅主任？這件事情與他有什麼關係嗎？」

高豐說：「當然有關係了，我今天的讓步，完全是因爲傅主任提醒了我。他跟我說，如果我真的想要在海川運作海通客車這個大項目，肯定是離不開你們海川市政府的支持的。我想，如果大家在細節方面糾纏不休，就算我勉強拿下這個項目，也會鬧得大家都很不愉快的，還不如把我們的合作建立在和諧的基礎之上，只有我們相互支持，才能把海通客車這個項目運作成功。說實話，徐市長，你們的駐京辦主任真的很不錯啊。」

徐正點了點頭，心中對傅華開始有了些正面的印象了，他實際上跟曲煒十分相像，都是喜歡認真做事的人，對一個能做好事的下屬自然就會有好感。

徐正說：「傅主任確實很有工作能力。」

隨即徐正便召開市政府常務會議，研究了高豐的幾條意見，市政府一干人對海通汽車城這個項目也持肯定態度，徐正並就這件事向孫永專門作了彙報，孫永也表示贊同，於是海川市政府跟百合集團簽訂了合作的協議。

協議簽訂後，高豐離開海川，去進行他百合帝國的擴張去了，隨行的工作團隊留下來，繼續跟海通客車方面進行談判，敲定合同的一些細節。

高豐離開海川之後，李濤打了電話去駐京辦，對傅華這一次出色的完成聯絡工作給予了表揚，李濤還跟傅華說，徐正對他也很滿意，在高豐面前讚揚了他的工作能力。

對這麼快就達成了合作協議，傅華心裏也很高興，說：「謝謝李副市長的誇獎，這也是我們駐京辦分內的事情。」

可是當傅華聽完高豐這麼做的原因以及整個協議之後，他的高興勁就沒有了，他不相信高豐僅僅是因爲自己的那番話就被打動了，一個有戰略眼光的商人絕不會因爲那麼一點說辭就做出這麼大的讓步，他更相信高豐可能更需要這個海通客車的項目。

而且，對高豐把海通客車進一步擴大爲海通汽車城，傅華也是有所擔心的，百合集團僅僅併購一個海通客車就已經很吃力了，哪裡還有餘力來搞什麼汽車城，這很可能是高豐算計過的一個陰謀，而讓出控股權只是爲了達成這個陰謀的一個很小的讓步。

傅華覺得應該提醒一下李濤，便說道：

「李副市長，我怎麼覺得這件事情沒有那麼簡單，百合集團跟融宏集團是不同的，融宏集團的實力強大，它在海川鋪再大的攤子，我也認爲他們能做到；可是百合集團的實力不足，我總覺得他們不足以運作汽車城這麼大的項目。」

李濤笑笑說：「你呀傅華，就是疑神疑鬼，原本曲市長聽了你的意見，堅持要控制權，才導致雙方的談判陷入僵局，現在人家不要控股權了，你又懷疑對方的實力。你放心吧，我們也不是傻子，那裏那麼容易就被騙了。」

傅華知道在市政府一班人都高興達成合作協議的時刻，自己提這些有些不合時宜，便笑笑說：「反正我覺得市裏面還是小心些比較好。」

李濤說：「行了，我們會小心的。」

李濤掛了電話，傅華也有駐京辦的事情要忙碌，就把高豐的事情擱置到了一旁。

又過去一個禮拜，章旻帶著兩個人到了北京，聯繫上傅華之後，傅華請三人直接到工地上。

章旻帶來的兩個人是一男一女，男人四十多歲，叫李強，個子不高，略顯乾瘦，章旻介紹說是他們順達集團的工程部主管，此次來是負責海川大廈內部裝修的。

女人叫章鳳，三十歲左右的樣子，章旻說是他堂姐，此次來則是要做酒店的總經理，海川大廈未來的酒店管理便由她負責。

傅華跟章鳳握了手，說：「歡迎你，章總，日後需要長期合作了，還請多多關照。」

章鳳蜻蜓點水般握了傅華的手一下，很冷淡的說了一聲「互相關照吧」，就不怎麼搭理傅華了。

倒是李強十分的熱情，說：「今後我們要一起共同工作，希望傅主任多指教。」

傅華就領著三人去看建好的大樓，章旻和章鳳在大樓裏不時指指點點，說這裏要做什麼，那裏要做什麼，李強也參與意見，三人談的東西很專業，反而讓傅華被冷落在了一邊。

過了一會兒，章旻回頭看看陪在一旁的傅華，說：「是不是很沒意思啊？」

傅華笑笑說：「你們談你們的，這是專業的東西，我插不上嘴。」

李強也衝著傅華笑了笑，章鳳卻連回頭都沒回頭，自顧自地繼續往前走。傅華心裏彆扭了一下，心想這個女人真是高傲，不知道章旻爲什麼要派這樣一個女人過來。他實際上希望章旻能派一個好相處的人來做這個總經理，這樣冷冰冰的女人，專業性可能很強，可是怕不能合作愉快了。

看完之後，傅華請三人吃飯，由於章旻不怎麼喜歡喝酒，席間的氣氛就有些冷清，章鳳更是板著臉，只顧低頭吃飯。

吃著吃著，章旻想到了徐正，便問：「之後你們的那個徐市長還找過你什麼麻煩嗎？」

傅華笑說：「沒有，他最近對我的態度有些扭轉，我幫他促成了海通客車和百合集團的合作，他還表揚了我。」

章旻笑笑說：「沒有最好。」

傅華說：「其實我感覺徐正這個人也不是那麼壞，只是有些心眼小而已。」

章旻笑了笑，沒說什麼。

傅華說：「下一階段海川大廈要全面裝修了，章總和李主管就要長期待在北京，不知道章董對他們的住宿要怎麼安排？」

章旻說：「北京現在你比我熟，你說怎麼安排比較好？」

傅華說：「如果不覺得不方便的話，就請兩位住到我們駐京辦去吧。那裏的條件還可以，互相之間也有個照應。」

李強高興地說：「好哇，我沒意見。」

章鳳這時抬起了頭，冷冷地說：「我不去駐京辦，我要自己租房子住。」

傅華看看章旻，章旻笑笑說：「我堂姐不喜歡湊熱鬧，回頭我們公司會給她安排租房子住，你別管了。」

傅華心說這個冷冰冰的樣子，你以為我願意管啊。嘴上卻說：「行，如果需要幫忙找房子，可以讓駐京辦的人跑跑。」

章鳳說：「我自己能行，不需要幫忙。」

章旻沒再說什麼，這頓飯就在冷淡的氣氛中結束了。

第二天章旻飛回了順達酒店的總部，李強搬到駐京辦住下，章鳳則另外找了一個單身公寓。隨即，海川大廈的裝修工作正式開始啓動了。

一切都在有條不紊的進行著。

經過半個多月的談判，百合集團和海通客車談好了合作的一切細節，雙方正式簽訂了合同。晚上，徐正在西嶺賓館宴請了百合集團參與談判的工作人員。

席間，吳雯來給徐正敬酒。成了賓館的承包者之後，吳雯忙碌了起來，一些身分尊貴的客人來賓館吃飯，她通常就會出來敬酒。

酒宴進行的正酣，徐正因爲解決掉了海通客車這個包袱，心裏十分痛快，也和大家一樣喝得面紅耳赤。見到吳雯進來說要敬酒，他現在經常會到這裏吃飯，跟吳雯已經很熟悉了，便笑著說：「吳總這麼美麗的老闆娘敬的酒，大家一定要喝。」

吳雯笑笑說：「徐市長就是這麼喜歡開玩笑，其實我是真心感謝您來照顧我們的生意，表示個心意而已，我乾了，大家隨意。」

說完，吳雯喝光了杯中酒。

徐正說：「老闆娘都喝了，大家還等什麼。」就領著大家把酒喝了。吳雯給大家再次倒滿了酒，就離開了。

酒宴散的時候，吳雯從自己的辦公室裏出來送徐正，徐正喝得有些興奮，看到吳雯出來送他，便說：「吳總啊，我常來，不用老是這麼迎來送往，這麼客氣。」

「徐市長您能光臨，是我們西嶺賓館的榮幸，這些是禮數，應該的。」說著，吳雯送徐正到了車旁，幫徐正打開了車門。

徐正笑著搖了搖頭，說：「真是受不起啊，還讓你給我開門。」

徐正上了車臨行時，忽然想起了什麼，降下車窗，看著吳雯說：「誒，吳總，你被王妍騙走一百萬的事情有線索了嗎？」

吳雯苦笑了一下，說：「有什麼線索啊，石沉大海了，我問過公安局幾次，公安局都說正在找人。徐市長，你怎麼知道這件事情的？」

徐正笑說：「昨天他們閒聊說起你來，我這才知道你的海雯置業還有這麼一段被騙的往事。」

實際上，吳雯和西嶺賓館已經成了海川政壇的一個小小的話題，不過，這麼美麗的女人又那麼風光的在海川市政商兩界名流面前亮相，要想不成爲話題也是很難的。人們紛紛談論起她的八卦，開始發掘她的來歷。

關於吳雯的來歷眾說紛紜，有人說她是某某高官的私生女，當年被高官送給他人收養，現在高官得勢，就回來幫助自己的女兒；也有人說她其實出身平凡，可是被某某高官包養，成了小三，這才有了現在這個身價。種種說法不一而足，也難以證真或者證僞。

不過大家可以查到的事情是，海雯置業被原來曲煒的情人王妍騙走了一百萬，王妍逃走之後，吳雯還在海川公安局報了警。這件事情不但沒有讓吳雯的身分顯得更清楚，反而讓吳雯的背景更加複雜，因爲有關王妍的八卦，在海川政壇已經流傳很久了，很多人都認爲王妍在曲煒離開海川之後，又搭上了現在的市委書記孫永，那麼吳雯的被騙是不是與孫永有關，這又是一個暫時沒有答案的謎。

美女，加上身上有這麼多解不開的謎團，自然吸引了海川眾多上層人士的注意，這也是西嶺賓館熱鬧起來的原因之一。人都是有好奇心的，喜歡來西嶺賓館見見這個美麗的老闆娘，更愛一探她的究竟。

吳雯說：「那是我剛開始從商沒有經驗，盲目的想要做點成績，這才上了王妍的大當。」

徐正笑笑說：「誰一開始都不是什麼都精通的，經驗是在實踐中摸索出來的，你現在怎麼打算？吃了一次虧，就對我們海川市的房地產業失去信心了嗎？甘心做這個西嶺賓館迎來送往的老闆娘？」

吳雯笑著說：「我也不知道誒，其實做老闆娘也挺好的，忙忙碌碌，一天就過去了。」

徐正笑了，「你這句話明明就透著不甘心，好啦，周鐵廳長對你和海雯置業一直很關心，前幾天還打電話過來，讓我多關照一下你，我跟周鐵廳長是黨校的同學，關係一直不錯，你如果想在海川做什麼項目，我多少還能幫上點忙，有需要的話找我吧。不過，海濱大道那塊地你就不要再去想了，那個沒可能的。」

吳雯愣了一下，她並不清楚徐正跟自己說這些話的真實意圖，她也是在社會上打過滾的人，知道除了少數幾個像傅華、乾爹那樣的人之外，社會上沒有幾個人幫你是真心而無所圖的。她不相信徐正僅僅因為周鐵的幾句話就肯幫自己。

那徐正說要幫自己，他想要什麼回報呢？錢？色？還是別的？

吳雯摸不清徐正的底蘊，便笑笑說：「徐市長您這麼關心我，真是太謝謝了。只是目前我還沒有看中什麼發展項目，等我有了合適的項目再麻煩您吧。」

徐正看出了吳雯的謹慎，便說：「行啊，其實海川可發展的項目很多，等你看好了，過來跟我說。在不違反大原則的前提下，小小的忙我還是能幫的。」

吳雯笑笑說：「好，到時候一定少不了麻煩您。」

徐正說：「那我走了。」

「再見，徐市長。」

徐正搖起了車窗，司機發動車子，駛離了西嶺賓館。

徐正靠上了座椅的後背，閉著眼睛，若有所思。

其實在聽到吳雯被騙的經過之時，他就知道了一點，吳雯跟孫永之間是有牽連的。他記起當初剛到任的時候，孫永跟他提起過一個朋友想要發展海濱大道中段這塊地，而吳雯被騙也是因為她想要拿海濱大道中段這塊地。徐正不相信這只是巧合，尤其是聯繫到王妍在曲煒調離海川之後，跟孫永走得很近這個情況，越發讓他認為吳雯跟孫永之間是有牽扯的，只是他弄不清楚究竟是王妍自己找孫永，還是吳雯和王妍一起找的孫永。

但不管是誰找孫永，跟孫永之間絕對不僅僅是清水之交而已，一定有某種利益輸送的關係存在，因爲徐正清楚的記得孫永爲了拿這塊地，在自己面前費了不小的心思，甚至最終沒拿到時還很不高興，這裏面如果沒有利益牽扯，孫永是不會這樣的。

想到這些，徐正對吳雯就更感興趣了。原本他來西嶺賓館確實是因爲周鐵的拜託，周鐵在那天西嶺賓館重新開幕之後，還專門從省城打過電話給徐正，拜託他一定要關照西嶺賓館。當時徐正還開玩笑，說周鐵是不是跟那個漂亮的老闆娘有一腿，周鐵卻說是他一個很鐵的哥們拜託他的，要他認真一點對待。

當然，吳雯這個老闆娘也確實長得太漂亮了，徐正是一個正常的男人，對吳雯也有一種我見猶憐的感覺。吳雯又是一個極聰慧、善交際的女子，這讓徐正對她很有好感，於是徐正對吳雯的關照，便有了些兼顧個人好感以及朋友情誼的味道。

不過，現在牽扯到孫永，事情也就複雜了。

海通客車工人抗議事件，讓孫永在市委大大的發作了一番，把徐正弄得灰頭土臉，也把兩人的矛盾給公開化了。

徐正並不是一個懂得謙讓的人，他是一個強勢的人，並沒有因此而有所收斂或者讓步。但這並不意味著他對孫永的咄咄逼人沒有心生警惕，他很明白官場有如戰場，這裏雖然沒有硝煙，可是一樣能致人死命。就算不能致人死命，失去了仕途的良好勢頭，就只能在一個無關緊要的位置上蹉跎終生。

曲煒就是一個很好的例子。這讓徐正意識到，孫永為了維護自己的權威，一定會無所不用其極的。因此他只防範肯定是不夠的，更需要反擊。

吳雯、王妍、孫永、海濱大道中段土地，這四者之間的聯繫讓徐正有充分的理由相信，吳雯肯定知道孫永些什麼。因為，若是沒有確切的可信之處，吳雯不太可能將一百萬交給王妍，如果前期王妍能取得吳雯的信任是因為曲煒的緣故，那後期吳雯遲遲不追討這筆錢，很可能就是因為孫永。

因此徐正主動提出要幫忙吳雯，就有了別的意圖，他很想利用這種幫助，去獲取他想要的孫永不法的資料。

想到自己還沒有正式成為海川市市長，就和市委書記陷入了明爭暗鬥之中，徐正在心裏厭煩的搖了搖頭，他很討厭這些相互掣肘的事情，他有些懷念在楊城市做市長的日子。楊城市的市委書記對他的工作很支持，讓他可以毫無後顧之憂的做他想做的事情。孫永就沒有這種度量，他把海川市視為禁臠，想要一手把持，因此把自己這些不肯受其擺佈的人視為對手。

徐正現在倒不擔心孫永會在自己正式成為市長這件事情上下什麼絆子，自己當市長是上面的意圖，如果過程中任何程序上出什麼問題，孫永這個市委書記是首當其衝要承擔責任的，那樣即使自己當不成海川市市長，孫永在省委領導的心目中也會被打入另冊。這種共損互傷的傻事，相信以孫永的政治智慧肯定是不會做的。徐正現在害怕的是孫永像對付曲煒一樣對付自己，用女人或者受賄來打擊自己。

想到這裏，徐正越發感覺自己在海川如履薄冰。

徐正離開後，吳雯就給在北京的乾爹打了電話，把徐正剛才這番表態說給了乾爹聽。

「乾爹，您說徐正究竟是什麼意思啊？」

乾爹想了想，說：「徐正不外乎有這麼幾種考慮，一是他確實是跟周鐵關係不錯，周鐵交代他關照你，就真心實意的想要幫你；二是周鐵只是一個由頭，他想從你那裏獲取一些他想要的利益，這種利益不是錢，就是你的美色；三是，他從你告發王妍這件事情中嗅到了什麼對他有用的東西，他想利用你達到某種目的。」

「那乾爹覺得哪一種可能性最大？」吳雯問。

「應該是第三種。周鐵跟我提過這個徐正，他們之間關係平平，周鐵是因爲我要他打電話給徐正，他才打的電話，可見周鐵都認爲他在徐正那裏的面子並不足夠。至於第二種可能，我覺得徐正作爲一個還未轉正的代市長，尙沒有膽量這麼肆無忌憚。所以只剩下第三種可能了。」

「您是說，徐正猜到了我手中握有王妍行賄孫永的錄影？」

乾爹笑了，說：「他還沒有這麼神通，不過，我想孫永拿了王妍的錢之後，不可能不跟市政府這邊的人溝通拿地，徐正肯定知道了這一點，由此聯想到你是因拿海濱大道中段這塊地受王妍的騙的，這兩者是有著密切的關聯性的，換到誰都會高度懷疑的。因此，我如果猜得沒錯的話，徐正是想跟你打探孫永的不法情形。」

吳雯笑道：「這些當官的人，怎麼這麼多花花腸子啊？」

乾爹也笑了，說道：「一個人能從小小的辦事員爬到地級市市長，這其間得歷經多少磨難啊？能做到者均非泛泛之輩，他不多點花花腸子行嗎？」

吳雯說：「那乾爹我怎麼辦？」

乾爹說：「人家既然開口讓我們求他，那我們就滿足他一下不好嗎？」

吳雯說：「我們就這麼甘心被他利用啊？」

乾爹哈哈大笑起來，說：「你應該慶幸能有被利用的機會，一個人只有對別人有用才會受到重視，才能獲取自己的利益，這個社會本來就是一種相互利用的關係。」

聽乾爹說得這麼赤裸裸的，吳雯心裏彆扭了一下，過了一會兒，幽幽的說道：「這麼說，我對乾爹來說也是可以利用的了？」

乾爹笑笑，說：「有些時候，真話是很傷人的，不錯，你對乾爹來說也是可以利用的，乾爹確實是利用你獲得一些情感上的慰藉，只有對你，乾爹才能把心裏想說的話傾訴出來，也只有跟你在一起的時候，乾爹的心情是輕鬆的。」

乾爹的話雖然說得不好聽，吳雯卻覺得這是一種親情的表現，她心裏的不舒服沒了，便笑笑說：「原來是這樣。」

乾爹呵呵笑道：「你以爲是怎麼樣？你想聽乾爹說多麼喜歡你或者多麼愛你嗎？乾爹年紀一大把了，早就不相信那些假門假事的玩意了。」

吳雯撒嬌的說：「乾爹還很年輕，才不老呢。」

乾爹笑笑說：「好啦，別灌我迷湯了。賓館的事情，我只是想讓你作爲一個結識人脈的平臺，並不是讓你當做事業來做。現在賓館既然已經上了軌道，海雯置業也應該做點什麼事情了。回頭你考察一下海川，拿出一個像樣的項目來，去找徐正幫忙。」

吳雯說：「好的，不過，徐正如果想從我這裏探聽什麼的話，我該怎麼辦？」

乾爹笑笑說：「你應付他應該不成問題吧？不過要記住一點，不要透底，那個錄影是一張王牌，不要輕易拿出來。其他方面，錢啊什麼的，徐正如果要的話，給他。」

吳雯開玩笑地說：「如果他要你的乾女兒呢？」

乾爹遲疑了一下，隨即冷靜的說：「這就要看你自己了，你要是願意，我不反對。」

吳雯有點惱了，說：「乾爹！你怎麼這樣子說。」

「小雯吶，乾爹保護不了你一輩子，你如果想要在社會上站穩腳跟，就必須要有自己的人脈，別人的人脈能幫你的只是一時。當然，建立人脈有很多種方式，我不覺得你說的這種是最佳的方式。」

吳雯聽出乾爹是有些不捨得自己，只是他理智慣了，對任何問題會先從理智的角度去分析，然後得出一個理智上最佳的結論。

吳雯笑著說：「好了，我是跟您開玩笑的，您還當真了。」

北京，週五的晚上，傅華和趙婷回娘家吃飯，趙凱當天沒有應酬，也回來了。看到傅華，便問：「傅華，你明天做什麼啊？」

傅華說：「沒什麼事情，工地上的事情暫時告一段落了，明天在家好好休息一下。」

趙凱笑說：「年輕人休息什麼啊，我年輕的時候，根本就不知道累。出來打高爾夫吧，高豐約我，說如果你沒事就一起來。」

傅華問：「高董有什麼事情嗎？」

趙凱說：「這傢伙這兩天可高興了，跟你們的那個海通客車合作什麼汽車城項目發佈公告之後，百合集團的股票連續拉了三個漲停，不經意間他的身家增加了三成，你說他能不高興嗎？」

傅華笑笑說：「紙上富貴而已，希望他能運作好汽車城這個項目，維持住百合集團的高股價。」

趙凱說：「呵呵，你去不去啊？他說能夠談成合作，跟你有很大的關係，他要謝謝你呢。」

傅華看了看趙婷，問道：「小婷，你願不願意去啊？」

趙婷笑笑說：「去就去吧，這幾天我也閒得有點骨頭癢了。」

第二天，傅華、趙婷和趙凱一起去了高爾夫球場，高豐人逢喜事精神爽，早早的就到了球場。

傅華笑說：「高董，真要恭喜您啊，股票大賺。」

高豐心情很好，笑笑說：「是啊，我最近在股市真的很有斬獲，不過傅華，我想你應該也小賺了一筆吧？」

傅華心裏有些詫異，問道：「高董，爲什麼這麼說？」

高豐說：「你是最早知道我們百合集團和海通客車合作具體內容的人之一，應該知道這對百合集團是一個大利多，一定會拉升我們公司的股票的。我相信以你的經濟頭腦，肯定早就事先進場佈局了，現在股票連拉三個漲停，百分之三十以上的收穫也算可以了。」

傅華笑了，說：「高董，你搞錯了，我可沒有利用你們公司的內幕消息賺錢，我不討厭錢，可是應該取之有道。」

高豐有些驚訝的看了看傅華，說：

「這麼大好的機會你都放過了？這讓我怎麼說你好呢？你有趙董這麼有錢的岳父，拿點錢出來玩玩應該不成問題的。哎，你要知道好多人都對這種機會夢寐以求，每次併購，都可能會使某一小部分先知先覺的人富有起來。就說這一次吧，據幫我操盤的操盤手說，他們監測到海川和東海省的一些證券營業部這段時間出現了大量的買盤，你說這不是一些知道內幕消息的人做的，又能是誰啊？」

傅華笑著說：「這種錢不賺也罷。高董，您這一次完成和海通客車的合作協議，弄出來一個汽車城的項目，不是爲了配合你們公司的股票炒作吧？」

高豐笑笑說：「被你猜中了，我的公司很長一段時間沒有大的利多消息出來了，我需要這樣一個合作，提振我們公司的士氣。」

趙凱取笑說：「你是想提振你們公司的股價倒是真的。」

高豐說：「趙董見笑了，其實股票市場上，大家都是這麼做的，我也不例外。」

傅華看了看高豐，問道：「高董，我對百合集團還不太瞭解，你們公司有實力運作那麼大一個汽車城項目嗎？」

高豐笑笑，說：「傅華啊，我知道從頭到尾你對我們百合集團的實力是有所懷疑的，其實你這是杞人憂天了，我們有證券市場這個很大的平臺，只要我們的業績良好，我們完全可以利用這個平臺籌集這一次跟海通客車合作所需的資金啊。這一次的汽車城項目，正好給了我們一個增資配股的好理由，我們公司可以以籌資發展這個項目爲理由，向股東們增發股份。」

傅華有點明白高豐爲什麼突然提出一個汽車城的概念了，比起拯救虧損國企，這個汽車城的的概念自然是吸引人的多，而且汽車行業目前在中國的發展正是方興未艾，還屬於暴利行業，以這樣明星的項目，自然更好在股市上圈錢。

這個高豐不愧是一個資本的大玩家，他把一個風雨飄搖的企業，包裝成一個很有想像前景的汽車城，用這個概念在股市上圈錢，反過來再用圈來的錢收購海通客車的股份。他玩了一場空手道，卻換來了海通客車實實在在的股份。

這時趙婷有些不滿的笑著說：「我說你們是來打球的，還是來探討股市的啊？」

高豐笑了，說：「對啊，我們是來打球的啊，來來，下場。」

一行人下了場，高豐心情好，打起球來也十分手順，竟然一桿進洞，抓了一個老鷹球，他興奮的有點呆了，醒過味來之後狠狠做了一個下拉的動作，叫了一聲YA。

趙婷笑說：「高叔叔，看來您的運勢真是太旺了，勢不可擋啊，今天一定要請我們吃一頓好的。」

趙凱也說：「是啊，高董，你今天這個運氣真不是蓋的。」

高豐呵呵笑說：「自然，自然。今天中午你們想吃什麼，隨便點。」

在回家的路上，趙婷笑著問趙凱：「爸，你怎麼就不想跟高叔叔這樣，玩一玩什麼資本運作，你看人家玩了個什麼汽車城的概念，好像就賺了個盤滿缽滿的，多好啊。」

趙凱笑了，說：「我沒有你這個高叔叔聰明，我只想做實業，我喜歡能夠實實在在看得到的東西，心裏踏實。」

傅華好奇問：「我看高豐現在玩得風生水起，爸爸怎麼似乎有點不屑於他的做法啊？」

趙凱笑笑說：「現在很多人都說要學西方玩什麼資本運作，實際上他們並沒有弄明白資本運作的真正含義。他們以爲併購重組，拆分或者換股就是資本運作了。其實他們只學了一點皮毛，沒學到真正的資本運作的實質。資本運作的核心是什麼？是要壯大或者拯救企業，然後才通過企業的壯大或者被拯救獲得巨額的利益。我們現在的資本運作呢，全衝著那能夠獲取的巨額利益去了，根本沒考慮什麼對企業的壯大或者拯救，完全本末倒置。」

趙婷笑道：「爸爸，你這麼說可就有點偏頗了吧？德隆的唐萬新您知道吧，人家可是資本運作的英雄，創造了德隆神話，剛剛才上榜富比士富豪榜，排名第廿七位呢。怎麼樣，比您是不是強太多了？」

趙凱笑了，說：「小婷，竟然知道注意財經消息啦。」

趙婷嘿嘿笑了笑，說：「沒有啦，我閒著沒事看了點傅華訂的財經雜誌了。」

趙凱笑著說：「那也不錯，不過，財經雜誌上說的只是些浮面的東西，你不要把上面寫的當成是真的。富比士富豪榜在中國號稱是殺豬榜，上了榜並不是什麼好事。」

趙凱接著又說：「唐萬新人是不錯，很仗義，不過，他現在已經是一個賭瘋了的賭徒，雖然創造了一個精彩的神話，可是最後很可能會賭到一無所有。」

傅華笑笑說：「眼看他起高樓，眼看他宴賓客，眼看他樓塌了。」

趙婷瞪了傅華一眼，「人家現在是富比士富豪，叫你說的卻變成了這麼悲情的人物，真是豈有此理。」

趙凱說：「有時候強大只是一種表象，崩塌只是瞬間的事情。你老爸我做企業，每天都在小心翼翼，生怕出了一點差錯，企業就會毀到我手裏。我倒沒什麼，可是還有多少人在跟著我吃飯呢。」

趙婷撒嬌地說：「爸爸，我知道您的辛苦了。」

趙凱笑笑，說：「你知道就好啦。」

傅華更關心的是高豐的百合集團，便問道：「爸，看你這個意思，似乎百合集團也有問題？」

趙凱說：「對啊，高豐現在是在玩火，不過，百合的事情你不要跟別人說，爸爸現在跟高豐合作，可不想看到百合集團出現什麼問題。」

「我總覺得高豐有什麼不對勁的地方，可是卻找不出來，您能告訴我它的問題在哪兒嗎？」

趙凱說：「傅華，你的第六感很靈，高豐確實有問題，不過，這個問題需要很專業的人才能看出來，你看不出來也很正常。我是因爲跟高豐合作，不得不關注高豐的一舉一動。」

傅華說道：「爸爸，您不會是找人做了間諜，從中打探一些內部消息了吧？」

趙凱笑說：「那倒沒有，其實它的問題在上市公司的公告中就有，我研究過高豐收購百麗洗衣機集團的過程，百麗洗衣機那時連續虧損兩年，眼見就要退市，被他收購後，第三年就大幅扭虧，盈利了一億元。」

趙婷說：「你還說人家本末倒置，只圖賺錢，無法真的拯救企業，百麗這不是被拯救了嗎？」

趙凱笑了，說：「百麗如果真的被拯救我就不說他了，實際上他玩的只是帳面遊戲。首先，他加大了前一年的虧損額，把前一年的部分銷售收入延後入賬；再是他採用了壓貨銷售，根本沒有發生實際交易，只是在帳面上做成商品賣出去的假象，其實這些貨物還原封不動在百麗的倉庫中，從而形成了銷售收入，造成帳面上利潤虛增的假象。第二年再直接從帳面上進行退貨處理。種種手法不一而足，目的只是讓本年度扭虧，但百麗實際上的狀況根本沒有改變。」

傅華說：「原來是這樣啊。」

「不過，這種情況如果百麗不配合，也是很難做到的，這是一個你情我願的遊戲，百麗也通過這種方式才保住了上市的資格。」

傅華有點擔心的說：「希望這傢伙別在海川也來玩這一手啊。」

趙凱笑笑說：「你別以爲市政府那些人都是傻瓜，我想這些事情如果沒有你們市政府的人配合，他也是很難做到的。像我吧，我就要求高豐只提供資金，我負責經營，盈利按照預定分配，他就是想算計我也算計不到。」

傅華笑了，說：「我們市政府那些官員可沒您這麼精明。」

趙凱說：「高豐雖然是你領到海川去的，可真正要合作成功，需要經過很多談判，對高豐的判斷和決策是領導們做出的，就算出了事情，也沒有你什麼責任的，我想你就不用那麼操心了。」

傅華說：「我已經提醒過他們了，可是他們似乎並不在意。」

趙凱說：「那你就更不需要這麼杞人憂天了。」

請續看《官商鬥法》五　一石三鳥

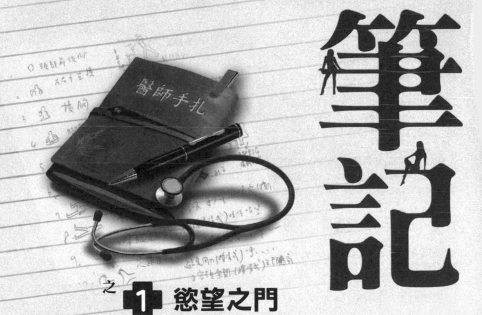

# 官商鬥法 四 東窗事發

作者：姜遠方
發行人：陳曉林
出版所：風雲時代出版股份有限公司
地址：105台北市民生東路五段178號7樓之3
風雲書網：http://www.eastbooks.com.tw
官方部落格：http://eastbooks.pixnet.net/blog
Facebook：http://www.facebook.com/h7560949
信箱：h7560949@ms15.hinet.net
郵撥帳號：12043291
服務專線：(02)27560949
傳真專線：(02)27653799
執行主編：朱墨菲
美術編輯：風雲時代編輯小組

法律顧問：永然法律事務所 李永然律師
北辰著作權事務所 蕭雄淋律師

版權授權：蔡雷平
初版日期：2015年6月
初版二刷：2015年6月20日
ISBN：978-986-352-148-8

總經銷：成信文化事業股份有限公司
地　址：新北市新店區中正路四維巷二弄2號4樓
電　話：(02)2219-2080

行政院新聞局局版台業字第3595號 營利事業統一編號22759935


定價：280元　特惠價：199元


國家圖書館出版品預行編目資料

官商鬥法／姜遠方 著. -- 初版. -- 臺北市：
風雲時代，2015.01 -- 冊；公分

ISBN 978-986-352-148-8（第4冊；平裝）

857.7　　103027825